「……う、ごいて、遥さん。一緒に……気持ちよくなりましょう」
「なら、少し緩めろ」
遥に言われて佳人はじわっと赤面した。　(本文より)

BBN
B●BOY NOVELS

情熱の宝珠

遠野春日
イラスト／円陣闇丸

この物語はフィクションであり、実際の人物・
団体・事件等とは、一切関係ありません。

CONTENTS

情熱の宝珠

1

居酒屋『伯仲《はくちゅう》』の店主、真宮源二《まみやげんじ》の通夜には、馴染《なじ》み客や近隣住民をはじめとする多くの人が弔問に訪れていた。

「惜しまれる人物だったようだな」

「そうですね」

受付で記帳の列に並んで待ちながら、佳人《よしと》は遥《はるか》の言葉に頷《うなず》いて相槌《あいづち》を打った。

真宮は元ヤクザの幹部で、昔気質《むかしかたぎ》の任俠《にんきょう》者らしい剛《つよ》さを纏った取っつきにくい親父、という印象が強かったが、十六年もの間繁盛《はんじょう》していた居酒屋を切り盛りしていただけあって、周囲からは一目置かれていたらしい。非業の死を遂げた店主に最後のお別れをしに来た弔問客は佳人の想像以上の多さで、葬儀場に並べられた椅子を七割方埋めていた。

会場の出入り口を入ってすぐのところに設《もう》けられた受付で応対しているのは、近所の住民と思《おぼ》しき女性二人だ。一人は『伯仲』の数軒先に店を構える喫茶店の奥さんで、一度時間潰しにコーヒーを飲みに行ったとき見かけたことがある。

式の開始時間は午後六時となっているが、会場には冬彦《ふゆひこ》の学校の友人らしき少年少女も結構な人数来ていた。保護者や、中学校の教職員等の関係者もいるようだ。

喪主の冬彦――真宮冬彦は、祭壇に向かって右手に用意された遺族席に一人で座っている。中学の制服であろう紺色のブレザーにレジメンタルのネクタイを締めた姿で、落ち着き払った様子だ。表情は少し硬く、歳よりもずっと大人びて見える。凛《りん》として背筋を伸ばした姿は中学二年生とは思えぬほどしっかりしており、佳人は安堵《あんど》する一方で、気を張り詰めすぎているのではないかと慮《おもんぱか》りもした。

「一言挨拶《あいさつ》しに行きたいけれど、今はやめておいたほうがよさそうですね」

会場内では皆静かにしており、言葉を交わすにしても小声で、冬彦の傍《そば》に行って話し掛けられるような雰囲気ではない。視線が合えば目礼する程度だ。冬彦は微動《びどう》だにせず前方を見据えたままなので、それもあまり期待できそうになかった。

「もうすぐ通夜式が始まる。焼香をすませたあとなら一言二言話せるだろう」

遥がそう言った端から僧侶の到着を知らせるアナウンスが流れ、僧侶が入ってきた。

式が開始され、読経が行われる。

後方の隅の席に遥と並んで座った佳人は、僧侶の声を聞きながら幾度も首を伸ばして冬彦を窺《うかが》った。

実質冬彦の親代わりだった真宮源二が、店舗と繋がった自宅で殺害されているのを佳人が見つけて通報したのは十日ほど前だ。一昨日犯人が捕まって警察から遺体を返され、ようやく葬儀を営《いとな》むことができている。

祖父と二人きりで暮らしてきた冬彦の心境を思いやると、佳人は胸が締めつけられそうな心地がする。気丈に振る舞ってはいても、きっと先々のことに不安を抱いているに違いない。己の一存ではまだ何もできず、これからの身の振り方を他人に決められなくてはならないというのは、冬彦のようにすでに精神的に自立している感のある子供には歯痒いだろう。

児童福祉法で定められた児童の定義は、満十八歳になるまで。それまでは保護者が必要だ。普通は両親か親戚の者が冬彦を保護しなければいけないのだが、冬彦にはそうした血縁者が一人もいない。

未婚で父親が誰かわからないまま冬彦を産んだ母親は、四歳になるかならないかだった冬彦を祖父の許《もと》に置いて別の男性と駆け落ちし、その後何度も相手を変えて日本各地を転々として暮らしたようだが、今から五年ほど前、松山《まつやま》市内の病院で死亡していたことがわかっている。これは佳人が東原《ひがしはら》に頼んで調査してもらって突き止めた事実で、冬彦には告げていない。冬彦は知らないままのはずだが、十年も前に別れた母親のことは、すでにいないものとして冬彦の気持ちの中で整理がついているようだ。顔も名前も知らない父親に関しては、存在すら意識したことがないらしい。居酒屋を開く前の真宮源二は、とある組の幹部だった人物で、妻は一人娘を産んで間もなく病死している。ヤクザになった時点で親兄弟とは縁を切ったようで、真宮源二が亡くなった今、冬彦は身寄りのない孤児という扱いだ。

冬彦と境遇《きょうぐう》は異なるが、佳人も十九の時に両親を自殺で亡くし、親戚とは疎遠になり、遥と出会うまで天涯孤独だった身だ。冬彦を見ていると他人事の気がせず、自分自身の辛《つら》い過去を思い出しては心がヒリヒリと痛み、胸がざわつく。

まだ冬彦とは二、三度会っただけだが、冬彦の利発さや礼儀正しさ、真っ直ぐに育っていると感じる素直さ、爽《さわ》やかさ、少年らしいあどけなさに触れ、佳人は冬彦をすぐに好きになった。

何か自分にできることはないか。あれば少しでも手助けしたい。ずっとこのまま陽の当たる場所を歩み続けてほしい。そんなふうに願わずにはいられない。しないですむ苦労は、しないに越したことはない。特に子供は。自らの経験を踏まえ、佳人は心底そう思う。

考えに考え、隣に座っている遥とも合意の上で導き出した結論は、冬彦を二人で養育することはできないか、というものだ。

遥もまた、子供の頃親に置き去りにされ、親戚の家を転々として育ったが、早い段階で自立して苦労の末一財産築いた人間だ。やはり家庭には恵まれていない。それぞれ形は違えど、三人には共通する部分がいくつもある。血の繋がりこそないものの、きっと理解し合えるのではないか。同じことを遥も考えているとわかったとき、佳人は一心同体の感覚を味わって、全身が震えるほど嬉しかった。遥と会い、縁ができたことは運命以外のなにものでもないと思っていたが、ここに来てまた一つ別の必然と巡り合わせた気がする。

粛々《しゅくしゅく》とお経が読み上げられる中、佳人は冬彦を気にかけて視線を向けつつ、真宮源二の冥福《めいふく》を祈った。

仕事でお世話になっている陶芸家、名嘉晋次朗《なかしんじろう》に連れられて『伯仲』を初めて訪れたのが先月の終わり頃、今から二十日あまり前になる。料理の美味《おい》しさもさることながら、盛りつけに使われている器《うつわ》を気に入り、その後も何度か店に足を運んだ。接客など端からする気のない無愛想な真宮が、ようやく心を許してくれそうな兆《きざ》しを見せた矢先、事件は起きた。

奇《く》しくも佳人が第一発見者となってしまったが、いまだに信じ難《がた》い気持ちは払拭《ふっしょく》し切れていない。頑固一徹な、いかにも職人気質といった印象の人物で、正直、付き合いやすくはなかったが、一本筋の通ったところが佳人には好ましかった。素人《しろうと》ながら陶芸を嗜《たしな》み、味わい深い作品を生み出していたあたり、風流を愛《め》でる香西《こうざい》組長に通ずるものを感じる。もしかするとヤクザ時代の真宮は香西と似たタイプだったのかもしれない。そんな想像をしたこともあった。

おそらく真宮自身も、まさか自分がこんな死に方をするとは思いもしなかっただろう。ヤクザ時代ならまだしも、組が解散して堅気《かたぎ》になってからすでに十七年経《た》っていた。冬彦を置いて家を出ていった娘の代わりに、孫を立派に育て上げるつもりでいたに違いなく、成長を見届ける前にこの世を去らねばならなくなってさぞかし無念だったのではないかと思う。想像するだけで胸が痛む。

赤の他人の自分たちがどこまでしてやれるかはわからない。遥も佳人も子育ての経験はなく、男同士で互いをパートナーとする間柄《あいだがら》だ。昨今は世間の認識も変わってきたとはいえ、男女の結婚と同等の扱いを受けるまでには至っていないのが現実だという気がする。中学二年生の子供を引き取りたいと申し出たところで、行政側が認めるかどうか未知数だ。冬彦本人の意志がどの程度考慮されるかも、想像もつかない。詳しい手続きなどは、まだ佳人たち自身きちんと把握できていない状況だ。これから調べる必要がある。

まずは冬彦と遥を会わせて反応を見よう、と遥と話して決めていた。冬彦にも、自分には黒澤《くろさわ》遥という同性の恋人がいるとは告げてある。本当はまだそこまで話すつもりはなかったのだが、冬彦はとても勘がよく、こちらから言う前に当てられてしまったのだ。その際、ごまかさずに認める形で知らせることになった。

やがて読経が終わり、弔問客が席を立って焼香《しょうこう》の列に並びだした。

故人と縁の深かった人から順に焼香をして、遺族席にいる冬彦と、僧侶に一礼し、席に戻っていく。佳人たちは最後のほうに並んだ。おまえが先に行け、と遥に眼差《まなざ》しで促され、佳人の後に遥が続く。

焼香台の方へ進む前にも一度遺族と僧侶に一礼するのだが、そのとき佳人は今夜初めて冬彦と目を合わせた。

あ、と言うように冬彦が微《かす》かに唇を緩め、目を瞠《みは》る。佳人が通夜に来ていたことに今気づいたようだ。謝意の籠《こ》もった目で見つめ返される。佳人も、お悔やみと、冬彦自身を励ます気持ちを込めて静かに頭を下げた。

冬彦の視線が佳人の後ろにいる遥に移る。

すぐに冬彦は遥が佳人の同居人――パートナーだとわかったようだ。知らない人を見る目ではなく、一度会いたかった人に会えた、といった喜びが目に浮かんでいるのが見て取れて、佳人はホッとした。冬彦が遥に悪い印象を持つことはないだろうと予測してはいても、遥の醸《かも》し出す押し出しの強い雰囲気に、初対面の人は気圧《けお》されることが多い。佳人も最初の頃は鋭い視線を浴びせられるたびに緊張した。とりつく島もなく冷ややかな感じで、何を考えているのか察しづらく、馴染むまでは一時も気が抜けなかったのだ。今でこそ、あのときは遥も佳人を引き取ったもののどう接していいのかわからず、ぎこちない態度を取っていたのだとわかっているが、初めて会ったときの印象は、昔佳人が感じたそれとそう変わっていないのではないかと思う。

佳人の希望的観測かもしれないが、無言で顔を合わせただけでも、遥と冬彦の間には何か通ずるものがあった気がする。一瞬だったが冬彦の表情が柔《やわ》らかくなった。遥のほうも、体から強張《こわば》りが取れた感じがした。

焼香台に三ヶ所用意されている香炉の前に進み、遥と隣同士で同時に焼香をする。

抹香を摘《つま》んでこうべを垂れ、目を閉じて、額のあたりまで持ち上げる。

人の死には何度か遭遇しているが、こうして通夜に出て、故人の遺影の前で焼香した経験はあまりない。前に一度、遥の秘書をしていた頃取引先の社長の葬式に参列したことがあったが、それ以来だ。二親とも亡くしているにもかかわらず、肝心の肉親の葬儀には出ることも叶わなかった。一人息子として喪主の務めを果たすどころか、自殺したと知ったのも、亡くなってから三ヶ月後だ。ヤクザの親分に囲われ、厳重な監視下に置かれていたので、やむをえない。愛人になることを受け入れたのは佳人自身だ。何一つ自由の利《き》かない身になるであろうとは、高校二年生だった佳人にも容易《たやす》く想像できていた。そうまでしてでも、借金取りに苦しめられていた父親と怯《おび》えて床《とこ》に伏しがちになっていた母親を助けたかった。その甲斐《かい》もなく、両親が死んでしまったと聞いたときには、世界が真っ暗闇になり、足下が崩れて奈落《ならく》に落とされたようだった。あのとき襲われた虚無感の凄まじさは、思い出すのも憚《はばか》られるほどだ。

寄る辺《べ》ない身の心許なさを佳人はきっと誰よりも知っている。

すべての光を失った心地で、もうどうなってもいいとひそかに自棄《やけ》を起こしていたのだと思う。憎い仇《かたき》でもあった香西に毎夜のように抱かれ、心を閉ざして体だけ開いていた。香西がただ酷いだけの人間だったなら、むしろ割り切りやすくてある意味楽だったかもしれない。けれど、香西には香西なりの情のかけ方があったようで、陵辱《りょうじょく》される一方、佳人は名門の私立高校を卒業させてもらった上に大学進学を勧められ、さらに院にまで行かせてもらう厚遇《こうぐう》を受けた。そのため、十年の間気持ちは混乱し、揺れ続けてばかりだった。憎むべきなのに感謝せざるを得ないところもあって、今でも香西と向き合うとどんな感情を持って接すればいいのか迷う。ヤクザの大親分である香西が、佳人が二十歳を過ぎてからも飽きずに傍に置き続けたことには、我ながら驚きを禁じ得ない。十年目にして香西に逆らい、逆鱗《げきりん》に触れるまでは、体に傷一つつけられることなく大事にされてきた。いつだったか、遥にボソッと「十年香西のところにいて、よくこれだけ綺麗《きれい》な体のままでいられたな」と言われたことがあった。初めて受けた苛烈《かれつ》な折檻《せっかん》の傷が癒えた後の話だ。そのとき佳人もあらためて己の幸運を噛み締めた。香西は独占欲は強かったが、ピアスも刺青《いれずみ》も趣味ではなかったようで、されずにすんだ。最後に裏切った際にも、背中を打たれただけで、指を落とされたり、顔を焼くなどしてめちゃくちゃにされたりはしなかった。そうした目に遭《あ》わされた人を何人も見てきたので、香西が手緩い人間でないことは確かだ。

額の高さまで掲げた抹香を香炉に焚《た》くしぐさを繰り返し、最後にもう一度合掌《がっしょう》して後退り、焼香台を離れる。遥もまったく同じタイミングで動く。

焼香をしている間、佳人は遥の顔を見なかったのだが、遥のほうは佳人を気にかけてくれていたようだ。

「大丈夫か」

席に戻る際、低めた声を掛けられた。

「少し表情が暗いぞ」

「あ……そ、そうですか」

昔のことを反芻《はんすう》するうちに、知らず知らず顔が強張っていたのかもしれない。

そう言う遥も、心持ち表情に硬さが出ている気がする。やはり昔亡くした弟のことを思い出したのではないかと推察して、反対に遥の心境が慮られた。

「俺のことはいい」

すぐに遥がぶっきらぼうに言う。

言葉にせずとも目を見合えば互いの考えていることがわかるのだ。

よくぞここまでの関係になれたなと佳人は感慨深かった。最初の頃、遥の気持ちがわからないと泣きたいような気分になっていたのが信じ難い。

佳人たちの後に二人並んでいた弔問客も焼香を終え、僧侶が退出していくと、閉会の案内があった。集まった人々が静かに椅子を立って会場から出ていく。近隣の住民で故人と付き合いが深かった参列者らは、別室で通夜振る舞いを受けるようだ。

冬彦の傍には中学校の同級生たちと思しき制服姿の子供たちが集まり、言葉を掛けていた。その様子を遠目に見ながら、佳人は遥と共に外に向かった。様々な人たちの相手をしなければならないだろうから、今夜のところはこのまま失礼することにする。いちおう遥と軽く引き合わせることはできたので、近いうちにもっと落ち着いて向き合える機会を設け、遥をあらためて紹介したい。そのほうがいいと遥も同意した。

「車か」

「はい。近くのコインパーキングに駐《と》めています」

遥は会社から運転手に送迎してもらって葬儀場に来て、社用車はそのまま帰していた。

「鍵を貸せ。俺が運転する」

手のひらを上にして差し伸べられ、佳人は鍵を提げてあるキーケースを遥に預けた。

「どこかで食事をすませて帰るか」

「そうですね」

懐石料理でも食べながら真宮を偲《しの》び、冬彦のことを遥と一緒に考えられたらいいと思った。

「おまえは、ちょっと飲め」

ステーションワゴン車の運転席に座り、シートとミラーの位置を自分の体に合わせて調節しながら、遥が言う。一言一言は短めで、聞きようによってはそっけなく思われるかもしれないが、佳人には遥の心遣いが胸に沁みて、熱いものが込み上げた。だから運転を代わると言ってくれたのか、と遅蒔きながら気づく。

「あの子供、冬彦は、おまえが言うとおりしっかりしていて賢そうだな。芯も強そうだ」

「だと思います。なので、逆にいろいろがんばりすぎないかと心配な気もするんです」

「そのあたりは俺よりおまえのほうがわかるだろう」

「そう……ですかね？」

ああ、と遥は前を向いたまま頷く。

左手はシフトレバーに置き、右手だけでハンドルを切って車を駐車場から出す遥を、佳人は首を傾げつつ見やった。

「どことなく似ている」

「えっ。おれに、ですか」

どちらかと言えば、冬彦は遥に近いタイプではないかと思っていたので、佳人は意外さに目を丸くした。

「通夜式の間、見ていて受けた印象だけだが。話をすればまた変わるかもしれない」

「ええ。あ、でも、おれとしては悪い気はしませんよ。冬彦くんみたいに見られているなら嬉しいです」

「友達、多いようだな」

「本人は、本当に仲がいいのは二、三人だけで、他の皆とは普通に仲良くしているみたいに言ってましたけど、帰り際に取り囲まれて声掛けられていたところを見ると、ひそかに人気があるんだろうなと思いました。一目置かれているというか、憧《あこが》れの存在というか。顔いいし、剣道やっててそこそこ強いらしいし、清潔感があって爽やかだし。話し掛けたいけど気後れして尻込みしてる女子とか、多そうじゃないですか」

佳人自身冬彦に惹《ひ》かれているため、冬彦について語りだすとつい熱くなる。

「それは、おまえの経験か」

遥におかしそうに含み笑いされ、佳人は喋《しゃべ》りすぎたと思ってじわじわ顔を赤らめた。

「い、いや、違いますよ。おれは男子の一部に嫌われていたくらいですから。女子にもべつにもててなかったと思います」

「どうだろうな」

遥は真に受けてなさそうな返事をする。

「そう言う遥さんこそ、中学、高校時代は、知らないやつは潜《もぐ》りだ、くらいの有名人だったんじゃないんですか。すごい存在感あったでしょう?」

「べつに」

自分の話になると、遥はたちまちそっけなくなる。たぶんに照れくささもあるのだろう。あまり話したがらない。大学のとき付き合っていた女性がいたのは知っているが、それ以前のことはめったに話題に上らないので、遥がどんな中学生だったのか、高校生だったのか、想像するしかない。もうその当時から、近づき難い雰囲気を醸し出していた気はしている。人当たりがよくて愛想のいい遥は、佳人には浮かんでこなかった。

「きっと、今とそんなに変わらなかったんでしょうね、遥さんは」

頭の中で遥に学生服を何パターンか着せてみて、佳人は「うわぁ」と思わず喜色を帯びた声を洩《も》らしてしまった。

「なんだ」

遥から奇異なものを見るような一瞥《いちべつ》を浴びせられる。

「あ、すみません……! なんでもないです。前、信号、赤ですよ」

「わかっている」

遥は危なげなくブレーキを踏んで交差点の手前で車を停めると、佳人の上気した頬をツンと指で突き、ついでのように軽く抓《つね》ってきた。

「今、何を考えた。ろくでもないことか」

「全然！　全然ろくでもないことではないです。中学生の遥さんが学ランを着たところを妄想しただけですから」

「……学ラン……？」

意表を衝《つ》かれたのか、遥はあからさまに眉根を寄せる。

そうそうない機会だと思い、佳人はこの話題をもう少し引っ張ることにした。

「おれ、中高一貫の私学で、制服はブレザータイプだったんです。編入した先の高校もやっぱりブレザーで。学ランは着たことないんですが、遥さんは着ましたか」

「着た」

いつにもまして遥は言葉数が少ない。

馴染みのない親戚の家で、甘えたがりの弟の面倒を見ながら、肩身の狭い思いをして学業に勤《いそ》しんでいたであろうその当時のことは、やはりあまり思い出したくないのだろうか。

「すみません……」

「いや。べつにこういう話が嫌なわけじゃない」

佳人が謝ると、遥は己の愛想のなさを悔やんだように即座に否定する。

車内は薄暗かったが、遥の横顔が面映《おもは》ゆそうに引き攣《つ》っているのが見て取れ、佳人は、あ、と気づいた。遥は、佳人に自分の学ラン姿を想像されるのが気恥ずかしいだけなのかもしれない。それも、いかにも遥らしい反応だ。

「書斎に卒業アルバムがある」

ボソリと遥が言う。自分から進んで差し出す気はなかったようだが、隠しておきたいと思うほど触れたくない過去というわけではなさそうだ。

「見たいです。遥さんがよければ」

本音はぜひとも見たいと声を弾ませたいところだったが、遥に負担を掛けたくなかったので、気持ちを抑えて遠慮がちになる。

「おれも遥さんに昔の写真とか見せられたらよかったんですけど、一枚もなくて。残念です」

「見られるものなら見たかったが、だいたい想像はつく。おまえは今とあまり変わらなそうだ」

「今よりもっとぼおっとしたやつでしたよ、たぶん」

「中学か高校のときに、おまえと同級生として会っていたら、きっと友達にすらなっていなかっただろうな」

「あぁ……それ、なんとなくわかるかも。あの頃のおれが同級生だったら、遥さんは鼻について好きじゃなかった気がします。おれも、よく思われてないのを察して避けたんじゃないかな。遥さんのこと怖いと感じて。相容《あいい》れそうにないから、関わらないでおこうとしたでしょうね」

「お互い結構な歳になって会ったから、今があるのかもな」

「ですね」

まったく同じことを佳人も思っている。

「遥さん」

佳人は遥に触りたくてたまらなくなり、右腕を伸ばして、上質なウールで仕立てられた黒いズボン越しに遥の膝を撫でた。

「やっぱり、このまま真っ直ぐ帰りませんか」

ピクリと太腿の筋肉が動いたのが手のひらに感じられる。

「遥さんは真宮さんと一面識もなかったけれど、今後冬彦くんを通して縁のある方になるかもしれないので、よかったらおれと一緒に一献《いっこん》傾けて差し上げてください。そして、ついでと言ってはなんですが、飲みながらお互いの学生時代の話をしましょう。遥さんの卒アルも気が向いたら見せてください」

「……わかった」

遥は左手をステアリングから離すと、膝に置かれた佳人の手を摑んで除けさせ、色香を孕《はら》んだ声で牽制《けんせい》してくる。

「事故に遭いたくなかったら、帰り着くまでおとなしくしていろ」

佳人は目を細め、「はい」とおとなしく引き下がる。

十一月も残り十日あまりとなったこの日の夜空には、昨日満月を迎えた月が、ほぼ満ちた姿を見せていた。

＊

午後から中野《なかの》にある仁賀保《にかほ》邸で行われている茶道教室で稽古を受けたあと、佳人は阿佐ヶ谷《あさがや》に移動して、執行貴史《しぎょうたかふみ》法律事務所を訪れた。

あらかじめアポイントは取ってあったが、午後五時という微妙な時間だったせいか、司法書士資格持ちの事務員兼助手、千羽敦彦《ちばあつひこ》の虫の居所はすこぶる悪かった。

「こちらへどうぞ」

退所時間前の一時間は何かと慌ただしいようだ。しかも今日は金曜日。貴史の事務所は基本的に土日祝日を休みにしているので、本日中に片づけたい仕事も多いのかもしれない。

そんな最中、仕事を中断して来客を応接室に案内し、お茶を淹《い》れるのを面倒くさがる気持ちは察して余りある。来訪者が気の合わない佳人となれば、なおさら機嫌も悪くなるだろう。千羽がツンとしているのはいつものことだが、今日は特に態度が刺々《とげとげ》しい。

もっとも、これは相手が佳人だから無遠慮に感情をさらけ出すだけで、相談や依頼に訪れた客には普通に丁寧で感じよく振る舞うようだ。佳人にはよそゆきの顔を見せる手間も省いている節がある。それだけ近しい感覚を持たれていると言えば、そうなのだろう。

事務所の一角をパーティションで仕切って扉を付けた応接室に通された佳人は、来る途中、自動販売機で買ったペットボトル入りの温かいお茶をレザートートバッグから出し、「おかまいなく」と千羽にさらりと言った。

千羽の表情が一段と険しくなったが、佳人はかまわず蓋《ふた》を捻《ひね》り開けて一口飲んだ。

「……先生はまもなくおみえになりますので」

すぐに気を取り直した千羽が苦虫を嚙み潰したような顔をして淡々と告げ、扉を閉めて出ていく。ムッとしていても立ち居振る舞いは優雅で、さすがは元アラブの富豪の秘書だっただけのことはある。免許や資格を取るのが趣味なのかと呆《あき》れてしまうくらい多才な人物で、貴史もずいぶん助かっていると言っていた。貴史に千羽を雇ったらどうかと勧めたのは東原だそうなので、有能なのは間違いない。性格のきつさや扱いにくさは覚悟の上で雇ったから気にならない、と貴史は苦笑いしていた。

今のところ佳人はインターネットを介した通信販売事業を一人でやっているが、最近徐々に取引高が増えてきて事務作業が負担になってきた。今よりさらに忙しくなるようなら、人を一人雇うことも考えているのだが、貴史を見ていると人を使うのは難しいと感じて躊躇《ためら》う。千羽の前に貴史は大学時代の同窓生を雇っていたが、うまくいかなかった。他にも何人か雇ってはすぐ辞められたりして、苦労も多かったようだ。そう考えると、仕事ができて、契約どおりの職務は完璧に遂行する千羽のような人は拾い物なのかもしれない。おまけに千羽の場合は川口組若頭《かわぐちぐみ》という大物ヤクザの折り紙つきだ。

雇うとしても、最初はアルバイト一人とかかな、などと考えながら貴史が来るのを待っていると、さっき出ていったばかりの千羽が二分も経たずに戻ってきて、盆に載せた空の湯呑《ゆの》みを茶托《ちゃたく》に置いて佳人の手元に差し出した。

「どうぞ。せめてこれをお使いください。私があなたを邪険に扱って、お茶の一つも出さないと思われるのは不本意です」

「……はぁ。どうも」

べつに佳人は、千羽に煙たがられているのを承知しているので、雑な扱いをされても気にしないのだが、さすがに自前のペットボトル茶を見せてお茶を断ったのは、千羽に喧嘩《けんか》を売ったようなものだったかもしれない。

「すみません。気分を害させてしまった上に、かえってお手を煩《わずら》わせたようで」

「お茶を淹れずにすむのは、正直ありがたいので、謝っていただかなくて結構です」

千羽は可愛げなくズケズケと言い、袖をずらして腕時計を確かめた。

「おかげですぐ仕事に戻り、予定通り定時に上がれそうです」

言うだけ言うと、さっさと退出していく。

外国暮らしが長かっただけあって、考え方や感覚が日本人っぽくないところが多く、興味深い人物ではある。打ち解けられたら案外仲良くなれそうな気がしないでもないが、まず打ち解け合うのが難しそうだ。

せっかく千羽が気を遣って持ってきてくれたので、お茶を湯呑みに注いで飲む。

それから少しして、コンコンコンと扉がノックされ、「お待たせしました」と貴史が応接室に入ってきた。

「佳人さん、今日はわざわざ事務所まで来ていただいて、申し訳ありませんでした」

「何言ってるんですか。こちらの依頼で貴史さんに動いていただいているのに」

実は、佳人は一昨日も貴史と会って、相談を持ちかけていた。遥と一緒に真宮源二の通夜に出た翌日のことだ。そのときは、たまに貴史と行く小料理屋で待ち合わせ、食事をしながら話をした。今日は、貴史にお願いした件の返事をもらうために来たのだ。

「そう言えば、うちの事務所、佳人さん初めてでしたよね」

「ええ。前から一度来たかったんです。貴史さんらしい、整然とした、居心地のいい事務所ですね。昼間は明るくて気持ちよさそうじゃないですか」

「南向きなので天気のいい日は窓から燦々《さんさん》と日が降り注ぎますよ。晴れやかなのは本当に気持ちがいいです。太陽を浴びるの、大事ですよね」

挨拶に続けてそうした遣《や》り取りを軽く交わし、貴史は佳人の向かいの椅子に腰を下ろす。これから本題に入るのだが、椅子に浅く座って少し前屈みになった貴史を見て、佳人も気持ちを引き締める。貴史の姿勢に、佳人の言葉を一語一句洩らさず聞こうとする気構えを感じた。

「先日のお話、最初はまさかお二人がそんなことを考えるとは思ってもみなくて、不躾《ぶしつけ》に驚いてしまい、失礼しました。後から、やっぱりこれは、いかにも遥さんと佳人さんらしい流れだなと思い直して納得しました」

貴史はまず、一昨日初めて佳人が自分たちの心積もりを打ち明けたときのことを謝った。

「いや、そんな。貴史さんが虚《きょ》を衝《つ》かれたのも無理ないですよ。おれだって、真宮さんの事件が起きるまでは自分たちが誰かの養父になることなんて、考えもしていなかったんですから」

真宮が死んで、天涯孤独の身になった冬彦を引き取れないだろうか――佳人は貴史にそう相談した。そのために、まず自分たちは何をすればいいのか、詳しい人がいれば手助けしてもらいたいと思っている。男同士のカップルなので、あらかじめ知っておいたほうがいいこと、やっておくべきことなどがあれば教えてほしい。慎重に準備してから申請すれば、それだけ手続きや審査もスムーズに行くだろう。遥も自分も真剣だ、といったことを伝えた。

一人残された冬彦の両親に関する事情は貴史も承知している。東原に冬彦の母親の足取りを追ってもらった際、結果を報告しに来てくれたのは貴史だ。貴史なら的確なアドバイスをくれるのではないかと思い、年末が近づく中忙しくしているところ恐縮だったが、話を聞いてもらった。

「僕はもちろん、佳人さんが生半可《なまはんか》な気持ちで相談しに来たとは思ってなかったですよ。東原さんに真宮芳美《よしみ》さんを捜してほしいと頼まれたときから、このことも可能性の一つとして頭の隅に置いていたんでしょう？　後になって気がつきました」

「まだあのときは、なんとなく、うっすらと、でしたけどね」

冬彦の母親がとうに亡くなっていたと判明し、どこの誰かすら定かでない父親が万一見つかったとしても、今さら冬彦を引き取る可能性は限りなく低いとわかってから、ならば自分たちが、ということを本気で考えだした。

遥もまた、佳人の気持ちを汲《く》み取り、佳人が考えそうなことを察してか、一度もこれについて話さなかったにもかかわらず同じ考えに至っていた。佳人が遠回しに口を開くや、遥は皆まで言葉にせずとも佳人の言わんとすることを理解していて、自分も考えていたと同意してくれた。遥とは魂《たましい》を共有し合っている感覚になることがしばしばあるのだが、このときもそれを強く感じ、胸が熱くなった。

「それで、どなたか力になってくれそうな方は見つかりましたか」

一昨日会ったとき、貴史は、今回のようなケースだと養子縁組の申請をすることになるが、自分自身は、血の繋がりのない子供を引き取るという事案は手掛けたことがないので、他に適任者を探してみる、と言ってくれた。普通、未成年の子供を引き取りたいときには、裁判所の許可をもらって役場に申請書を出すだけなのだが、佳人たちの場合、男同士でカップルとして暮らしている家庭といういささか特殊な事情があるため、詳しい人を介したほうがスムーズに行くのではないかと考えたようだ。

話をしたあとさっそく動いてくれたらしく、佳人が思っていた以上に貴史の行動は早かった。

「この方にお願いしてみてはどうかと」

貴史は脇に抱えて持ってきたファイルを開き、最初のクリアポケットに入れてある資料を抜き出すと、ローテーブルの上を滑らせて佳人の目前に差し出した。

資料の一番上に『兼森《かねもり》みつえ』という人物の名刺のコピーが添付されている。肩書きは弁護士で、新宿《しんじゅく》にある総合法律事務所の名称が入れてある。現在こちらに勤務しているようだ。以下のページは経歴を一覧にしたものだった。

「この方、ひょっとして貴史さんの元同僚ですか」

パッと目に付いたのが『白石弘毅《しらいしこうき》弁護士事務所入所』の文字列で、貴史との関係性が察されて佳人はなるほどと合点《がてん》がいった。元より貴史の人選に不安はまったく感じていなかったが、貴史が直接知っている人ならいっそう信頼できる。名刺には本人の顔写真も印刷されている。ショートヘアのテキパキしていそうな女性だ。経歴を見ると現在三十代後半で、貴史よりだいぶ年上になる。

「兼森さんは、昔僕もお世話になっていた先生の事務所で知り合った方です」

「白石弁護士はおれも知ってますよ。お目にかかったことはありませんが、香西さんがたまに名前を口にしていました。香西さんがと言うより、東原さんがかなり懇意にされているみたいですね。白石先生のところにいらした方なら、実力も折り紙つきですね。貴史さんもそうですが」

「いや、僕は……。当時は駆け出しのペーペーで、使い走りみたいなものでしたから」

「雇われていただけでもすごいと思いますけど。白石先生って、どちらかといえば一匹狼系の方で、弟子はめったに取らないと聞いたことがあります」

そういえば貴史の口から白石の名が出ることはめったにないな、と思いつつ佳人は言った。

「そう、ですね。特に、僕みたいな新人を雇われることは、ほぼないようです。……せっかく雇っていただいて、大変お世話になっておきながら、僕は後ろ足で砂を掛けるようにして退所してしまったので、申し訳ない気持ちでいっぱいです」

貴史は面目なさそうな顔をして俯《うつむ》きがちになる。

一瞬、白石の話に踏み込むのはタブーだったのかと佳人は後悔したが、貴史はすぐに気を取り直した様子で話を元に戻した。

「この話もそのうち佳人さんにしたいと思っているんですが、今は置いておくとして」

「はい。白石先生の事務所時代の話は、貴史さんがおれに話したくなったときあらためて聞かせてください」

たぶんに東原絡みの事情があったので白石の事務所を去らざるを得なかったのだろう、とまで推測していながら、佳人は貴史が話してくれるまでこちらからは触れずにおこうと思った。

「兼森さんは白石先生のところに以前から勤務していた先輩弁護士で、離婚調停や親権獲得などの事案を得意とされていました。僕は一年ほど同僚としてお世話になったんですが、東北にお住まいのご両親と同居されることになって退所されたんです。その後しばらくして僕も退所したので、以来、僕とは音信不通でした。それが、去年、所属弁護士会の会合の席で、たまたま彼女のことが話題になりまして。今また関東に戻ってきていて、どこかの事務所で働いている、とだけ聞いていたんです。佳人さんから相談を受けたとき、僕は真っ先に兼森さんのことが頭に浮かびました」

貴史は兼森にも敬愛を感じているらしく、彼女について話す口調には熱が籠もっていた。

「誠実で真面目《まじめ》で、依頼者のために親身になって最善を尽くす、優秀な方です。あいにく僕は兼森さんの現在の連絡先を知らず、会合で兼森さんの話をしていた方とも懇意ではなかったので、どうしようかと悩んだのですが……白石先生ならご存じかもしれないと思い、久しぶりにご連絡してみました。そしたら、やっぱり兼森さん、白石先生には挨拶されていたようで、先生はご存じでした。不義理ばかりしているのに、僕を責めるようなことは一言もおっしゃらず、快く教えていただけて。懐《ふところ》の深い方です」

「なんか、すみません。いろいろと」

佳人は貴史に無理をさせたようで申し訳ない気持ちになった。

「僕のことはお気遣い無用です。むしろ、佳人さんには感謝しています。今回のことで白石先生とお話しするきっかけができました」

貴史が屈託なく言ってくれたので、少し気が楽になる。

「昨日、白石先生とお会いして、先生がお持ちだった名刺をこのとおりコピーさせていただきました。兼森さんにも、僕が連絡したがっていると伝えてくださっていました。おかげで今日にも佳人さんにこれを渡すことができてよかったです」

「本当に、何もかもありがとうございます」

佳人は丁重に頭を下げて、目の前の貴史と、一度も面識はないが名前と顔は知っている白石に感謝する。

「今、兼森さんは、こちらの大手法律事務所でバリバリご活躍中だそうです。僕も電話で何年ぶりかにお話ししたんですが、昔と変わらず優しく、明るく、パワフルな印象でした。ご自身もお子さんが二人いらっしゃって、とにかく子供好きな方です。養子縁組に関しては豊富な経験をお持ちですので、きっと佳人さんたちの力になってくださると思います」

貴史の話を聞いただけで、力強い助っ人《すけと》を紹介してもらえた気になり、佳人は道が開けた心地だった。

「さっそく今夜、遥さんに話します。兼森さんへのご連絡は、明日にもおれからさせてもらうことになると思います」

佳人の言葉に貴史は深く頷いた。

「うまくいくといいですね。僕自身は今回たいしてお力になれそうにありませんが、兼森さんに話しづらいことが万一出てきたら、間に立つくらいのことはできますので、連絡ください」

「重ね重ねありがとうございます。冬彦くんの意志を一番に尊重して、最善の形に収められたらと考えています」

「冬彦くんには、まだ話していないんでしたよね」

「ええ。まずは詳しい方のご意見を伺《うかが》ってからにしたほうがいいかなと思って。ハードルは決して低くないと覚悟しているので、冬彦くんに期待だけさせたり、気持ちを混乱させただけだった、みたいなことになったら申し訳ないので」

冬彦と接したときの感触は悪くなく、佳人を好意的に見てくれているとは思うのだが、男同士の養育者を受け入れてくれるかまでは本人にはっきり聞いてみないとわからない。さすがにそれは、と断られる可能性もあるだろう。年齢的にも、十四歳というのは多感な時期だ。

「冬彦くんはまだ十五歳になっていないとのことなので、まずは代諾者《だいだくしゃ》を立てないといけないですね。それから家庭裁判所に養子縁組の申請をして、許可を得る必要があります。佳人さんたちのケースとはちょっと違いますが、男同士のカップルが里親になった例もありますから、僕の感覚では、冬彦くんを遥さんか佳人さんかどちらかの籍に入れて、お二人で養育することは可能な気がするのですが、こればかりは裁判所の判断次第ですから、結果が出るまでなんとも……です。歯切れが悪くてすみませんが」

「いいえ。おっしゃるとおりですから」

「実際に認定されたらされたで、ちょこちょことした問題がいろいろ出てくると思います。たとえば、世間の注目を浴びて、お二人の関係が白日《はくじつ》の下に晒《さら》されるとか。でも、佳人さんたちはそこも踏まえた上で、決められたんですよね」

「はい」

佳人は迷うことなく肯定《こうてい》する。

「元々、遥さんもおれも自分たちの関係を隠す気はそんなにないんです。お互い世間体を気にしないといけないサラリーマンじゃないですし、ゲイで同性のパートナーがいると知られたところで、さしたる影響はなさそうです」

佳人の言葉に貴史も同意して微笑む。

「そういう意味では、僕はお二人が少し羨《うらや》ましいかもしれません」

「相手が東原さんですからね、貴史さんは」

一昨年までは、貴史は東原の気持ちすらわからないと苦悩していたくらいだ。関係をオープンにするのは相当難しいだろう。弁護士の仕事にも多大な影響が出るであろうことは、火を見るよりも明らかだ。

「ちなみに、白石弁護士は、貴史さんと東原さんの関係をご承知なんですか」

ふと気になって佳人は貴史に率直に聞いてみた。

「……わかりません」

貴史は視線を逸《そ》らし、返事に困ったようにぎこちなく答える。

「怖くて確かめたことがないので、はっきりとはわからないんですけど……おそらくは」

知られている、と貴史もほとんど確信しているようだ。

「だからといって、色眼鏡で見る方では断じてないんですけどね」

「貴史さん……」

なんとなく佳人は、貴史が久々に白石と会った際、兼森のこと以外にもいろいろな話をして、貴史に悩むか考えるかすることができたのではないかと思えて仕方なかった。白石の話題になった途端《とたん》、貴史の体が震えるように動き、緊張が走った気がしたのだ。

「もしかして、何か悩んでいることがあるのなら、話してくれませんか」

無理にとは言わないが、佳人は貴史に助けてもらう一方ではなく、自分も貴史の役に立ちたいと常に思っている。できることは限られているが、だからこそ、できるだけのことがしたかった。

「このところ何か考え込んでいるみたいですけど、おれの気のせいですか」

先日遥ともこの話をした。遥もやはり佳人と同じ感触を受けたと言っていた。貴史はギリギリまで感情や思考を抑え、自分の中に溜め込む気質をしているようだ。めったなことでは他人の前で弱音を吐かず、一人で解決しようとする。貴史は理性的で芯が強いので、そうそう心配する必要はないかもしれないが、たまには佳人を頼ってくれてもいいだろう。

「……いえ。実は……ちょっと迷っています」

伏し目がちになった貴史の口から、躊躇いを払いのけつつといったたどたどしさで言葉が絞り出される。視線は膝に載せた両手の指に向けられているようで、佳人の目を見ずに話すこと自体がいつもの貴史らしくなかった。まだ他人に心を晒す準備ができていないのが察せられる。

「おれ、ひょっとして、と感じていることがあるんですけど」

佳人は思い切って言い出した。

ピクッと今度は膝の上の指が動く。貴史自身、佳人の言わんとしていることが大きく外れてはいないと予感したようだ。佳人との付き合いの長さや密度を考えれば、当てられてもおかしくないことなのだろう。

「貴史さん、仕事の方向性を変えたいんじゃありませんか。やりたいことができたんじゃないですか?」

今の小さな個人事務所でこなしている仕事にもやり甲斐はあるだろうが、それ以上に、元いた白石弘毅弁護士事務所のような大手総合事務所にしか回ってこない案件に取り組みたくなったのではないか。佳人はそう推測している。

一瞬息を詰めて全身を強張らせたかに見えた貴史だったが、やがて、肺の奥から吐き出したような強めの息をフウッと洩らすと、体からよけいな力を抜いた。

貴史はどこか照れくさそうな顔をして佳人と目を合わせると、「敵《かな》いませんね」と、かえってすっきりした様子で言う。

「佳人さんに隠し事はできません。今度折りを見てお話しします。まだ何も具体的には決めてい

ないんですけどね」

「いつでも話、聞きますよ」

今日は冬彦の件で貴史に時間を割《さ》いてもらっていることを思い出し、佳人はそれだけ言った。

白石と久々に顔を合わせた際、おそらく何か言われたのだろう。そのせいでさらに気持ちが揺れるようになったのでは、と推測しているのだが、貴史から話してくれるまでは、そっとしておこうと思った。

貴史はこの後別のクライアントと会う約束があるとのことで、佳人と応接室で向き合っていたのは三十分程度だった。

「バタバタしていてすみません。近いうちにまた食事でもしましょう。来週はちょっと予定が立て込んでいて難しいですが、来月の頭なら僕は大丈夫です。あ、でも、師走《しわす》だから佳人さんのほうが忙しいですかね」

事務所の出入り口のガラス戸を自ら開けて佳人を見送る際、貴史が提案する。

「おれも都合《つごう》つけられますよ」

「じゃあ、そのときに。近くなったらあらためて連絡します」

佳人と貴史の遣り取りが気になるのか、コピー機の前で腕組みして印刷が終わるのを待っている千羽がさりげなく視線を向けてくる。

素直じゃないなぁと佳人はいっそおかしみを覚えてきた。

歳もそんなに離れていないし、なんならいつか三人で飲みに行く機会を作ってもいいと思うのだが、どうせ千羽は「興味ありません」などと冷ややかに断るのだろう。佳人のことはともかく、千羽が貴史に一目置いているのは、一年近く事務所に居続けていることからして間違いない。嫌ならとっくに別の仕事に就《つ》いているだろう。

エレベータで一階に下り、ビルの外に出たとき、スマートフォンに電話がかかってきた。

意外にも、冬彦からだ。

佳人は慌ててエントランスの隅に行き、「もしもし？」と応答した。

『こんにちは。冬彦です。今お話ししても大丈夫ですか』

落ち着き払った、聡明さを感じる声音を聞いて、佳人は少し安心した。通夜のときには全然話せなかったので、その後どうしているかと気になっていた。明日あたり佳人から連絡してみようかと思っていた矢先に冬彦から電話が来て嬉しい。

「大丈夫だよ」

『よかった。佳人さん、それから、遥さんにも伝えていただきたいんですけど、通夜に来ていただいてありがとうございました。祖父も嬉しかったと思います』

まだ若いのに、冬彦はしっかり喪主の務めを果たしている。

胸に迫るものがあった。

「冬彦くんこそ大丈夫かい。いろいろ大変だっただろう？」

『周りの方がとてもよくしてくださったので、なんとかなりました。今日からまた学校に通っています。お葬式を出すのは遅くなりましたが、忌引《きび》きはもう取っていましたから』

「そうだよね。親身になってくれる人がたくさんいて本当によかった」

『久しぶりに部活にも参加しました。さっき練習が終わって、これから牟田口《むたぐち》と帰るところなんです。お腹空いたのでハンバーガー食べて帰ろうかと話しています』

「ああ、前におれと一緒に入ったあの店?」

佳人は思い出して目を細め、口元に笑みを浮かべた。

冬彦と初めてちゃんと話をした場所だ。あれから十日あまりになるが、まだ、なのか、もう、なのか、どちらとも言いかねる気持ちだ。

「もしかして、それでおれの声が聞きたくなって電話くれたとか?」

佳人としては他愛ない軽口のつもりだったのだが、冬彦から真面目な声で『はい』と返事があって、ドキッとする。まったくもって腑甲斐《ふがい》ない。冗談を言うなどという慣れないことはするべきではないと自戒《じかい》した。

「冬彦くん」

佳人は気を取り直して言った。

「よかったら今度また外で会おうか。遥さんも一緒でいいなら、そのときあらためて紹介したいんだけど」

いきなり家に招くのは、未成年相手なだけに差し障《さわ》りがあるかもしれないと慮り、あえて外でということにした。

『遊園地……ですか』

以前話したことを覚えていたようで、冬彦は心なしか腰の引けた声で聞いてくる。

「それはまたの機会にしようか。公園とか静かなレストランとか、どこか落ち着いて話せる場所がいいかも」

『僕はどこでもいいです。土日の昼間なら、お世話になっている家の方にも心配かけずに出掛けられます。十二月の頭には施設に移ることになりそうですけど』

「そうだったよね。その前に三人で会う機会を作るよ。遥さんも冬彦くんにぜひ会いたいと言っているんだ」

冬彦～、と電話の向こうから冬彦を呼ぶ声が聞こえた。牟田口くんか誰かの声だろう。

「日にちと時間決まったらメッセージ送るね」

『はい。お待ちしています』

最後はバタバタした感じになったが、冬彦は礼儀正しく『失礼します』と言って通話をオフにした。

「なんか、おれよりあの子のほうがよほどしっかりしているような」

冬彦と話していると大人の余裕など全然発揮できていない気がして、苦笑いするしかない。

今夜は遥と相談することがたくさんあるな、と思いつつ、佳人は駅に向かって歩き出した。

＊

「おーい、冬彦～！」

道場の鍵を職員室に返しに行っていた牟田口が大股で近づいてくる。

携帯電話を畳んで、背負ったリュックの脇ポケットに差した冬彦は、傍に来た牟田口を仰ぎ見て「ご苦労様」と労《ねぎら》った。

「誰かと電話してたのか？」

「ああ。ちょっと」

「なんだよ、その意味深に嬉しそうな顔！　おいっ、おまえ、まさか静香《しずか》センパイとじゃないだろうな？」

「違うよ。うるさいな」

「なんだとっ。おまえ、俺より六センチも背が低いくせに」

「関係ないだろ」

気の置けない仲ゆえの無遠慮な応酬を続けながら、並んで校門を出る。

さっきまで喋っていた佳人が相手のときには、失礼がないようにと緊張してしゃちほこばった物言いをしてしまったが、牟田口と話すときはお互い言いたい放題だ。それでも信頼し合っているから、めったなことでは喧嘩にならない。もう少ししたら冬彦が施設に入るとわかっているせいか、牟田口はそれまで以上に頻繁《ひんぱん》に冬彦にかまってくれていた。牟田口といるのは楽だ。

佳人とは——まだとてもドキドキする。涼やかな声を聞くだけで整いきった綺麗な顔が脳裡《のうり》に浮かび、心臓がトクンと鳴る。

通夜のとき一瞬だけ顔を合わせた遥も、冬彦の想像とは全然違い、一度見たら忘れられない、インパクトのある美形で驚いた。目つきの鋭さが半端ではなく、変な喩《たと》えかもしれないが、サブキャラで人気が出そうな、敵方のボスみたいだと思った。どうしてあんな、およそ一般的ではない印象的すぎる二人が一緒に住んでいるのか、ちょっと信じ難い。遥も佳人もその辺に立っているだけで女性が放っておかなそうな人たちだ。

「なぁ。冬彦、あれ、誰だろう?」

牟田口に肘で脇を突かれ、冬彦は佳人たちのことから思考を引き戻された。

あれ、と牟田口が顎《あご》をしゃくった先に視線を向ける。

校門を出ると目の前にそこそこ交通量の多い幹線道路が横たわっている。近くに横断歩道はなく、少し先に水色に塗られた歩道橋が道を跨《また》いでいる。牟田口が訝《いぶか》しんだ人物は、その歩道橋を支える太い柱の陰に身を隠すようにしていた。

向こうもこっちをジッと窺っており、どういうわけか冬彦と目が合った途端、パッと柱の陰に身を引っ込めた。

「あいつ、おまえに用があるんじゃないか。俺と目が合ったときは何も反応しなかったぜ」

牟田口でなくとも、この様子を見れば誰しもがそう考えるだろう。

「知ってるやつ？」

「いや、知らない。たぶん」

たぶんと最後に付け加えたのは、ときどき他校の知らない女の子から、いつぞや剣道の練習試合にうちの学校に来られたときご挨拶しました、などと街で声を掛けられるようなことがあるからだ。こちらは覚えていなくても、顔を合わせたことくらいあるかもしれない。

「俺たちと同じくらいに見えたから、中学生かな」

「高校生には見えなかったな。背も低かった気がしたし」

あっという間に隠れてしまったので、冬彦はあまりよく見ていなかった。目つきは険しく、お世辞《せじ》にも友好的とは思えず、なんなんだ、と戸惑った。

「あ、体半分出てきた。またこっちを見てる。こっちって言うか、きっとおまえだ」

「……声、掛けてくる」

「おう。それがいいと思うぜ、俺も」

「なんなら、先に帰っていてくれ。ハンバーガーはまた今度な」

「いや、いいよ。こっちで待ってる。喧嘩でも吹っ掛けられたらヤバイだろ。俺がいたら止めに入ってやれるし」

「好きにすれば」

そっけなく返しながら、胸の内では付き合いと面倒見のいい牟田口に感謝しつつ、冬彦は一人で歩道橋に近づいていった。

もしかしたら逃げるかもしれないと思ったが、冬彦が一人で歩み寄っていくのを見た少年は、いかにも我が強くて気性の激しそうな怖い顔つきをしたまま、あたかも最初から冬彦をここで待ち構えていたと言わんばかりの態度で二、三歩前に出てきた。

先ほどチラッと見たとき受けた印象どおり、体格は冬彦より小さかった。目だけギラつかせている顔も、どこか幼さを残している。小学生と言っても通じる気がするが、どこかの中学のものと思しき制服を着ている。この辺では見かけたことのない制服だ。派手な意匠《いしょう》のエンブレムがブレザーの胸ポケットに縫い付けられているところからして、なんとなく私立っぽいと思った。

「僕に何か用？」

見知らぬ相手にどう話し掛ければいいのか迷ったが、冬彦は普段どおり率直に聞くことにした。回りくどいのは好きではない。相手にも、言いたいことがあるのなら、もったいつけずにさっさと言ってもらいたかった。

「……あんた、真宮？　真宮冬彦？」

礼儀知らずの不遜《ふそん》な少年は、冬彦を睨《にら》み上げ、憎々しげに聞いてくる。

中学生にしては子供っぽすぎて感じの悪い子だなと冬彦は眉を顰《ひそ》めた。と同時に、鼻の形や顔の輪郭《りんかく》に毎日鏡で見ている自分と似たところがあるのに気づき、稲妻に打たれたような衝撃を後頭部に受けた心地がした。冬彦の名前を知っていることと併せて考え、まさか、と思い当たる。信じ難いが、ないとは言い切れない可能性が頭を過《よぎ》った。

「僕は真宮冬彦だけど、きみは誰？」

どういう名前を名乗られても、冬彦は苗字にもピンと来ないだろうと予測していた。

——自分にも父親がいることは確かだが、それが誰なのか、おそらく祖父ですら知らなかったはずだからだ。

「結城《ゆうき》。結城だ。おれは結城直也《なおや》」

聞いたからには忘れるな、と言わんばかりに繰り返し、直也という少年は傲岸《ごうがん》そうにフンとそっぽを向く。初対面の相手に対してあり得ない無礼な態度だ。冬彦は正直引いていた。半分血が繋がっているのだとしても、会ったばかりの見知らぬ少年になんの感慨も湧いてこない。

「ごめん、知らない。だけど、きみのほうは僕をよく知っているみたいだね」

冬彦が知らないと言ったとき、直也は顔中を真っ赤にする勢いで憤怒《ふんぬ》を露《あらわ》にした。よほど屈辱を感じて頭に血を上らせたのだろう。相当プライドが高そうだ。

「おれにそんな偉そうな口を利《き》くのは許さないぞ」

直也は敵愾心《てきがいしん》を剝《む》き出しにして冬彦に食ってかかってきた。辺り構わず声を張るので、部活を終えて下校する生徒たちが何事かという目でチラチラ見ながら通り過ぎていく。日はすでにとっぷりと暮れており、直也がここからどうやって帰るつもりなのかも気になった。どこから来たのかも冬彦は知らない。さっさとけりをつけて直也を無事に家に帰さなければ、と、こんなときにも責任感が横から顔を出してきた。

「悪いけど僕は向こうにいる彼ともう帰らないといけないんだ。きみもそろそろ帰ったほうがいいんじゃない？　家の人、心配してないか」

「ばぁか。まだ六時じゃないか。塾が終わるの遅いときは九時半とかだぞ」

「ふうん、そうなんだ。僕は行ったことがないから知らなかったよ。じゃあ、きみ、もしかして今日は塾に行ってることにして、黙ってここに来たの？」

ふと考えついて言ってみただけだったのだが、図星だったようだ。直也は、ぐっ、と詰まったように息を止め、気まずげに目を逸らす。

どうしようかな、と冬彦は思案した。

帰れと言っても素直に帰りそうにない。塾をサボって来たのなら、終了時間までは家にも帰りにくいだろう。さすがに二時間もは付き合えないが、今この場で振り切って行くのは躊躇われた。放っておくと何をするかわからない無鉄砲さ、思慮の浅さを感じる。

一時間程度なら、知り合いのおばさんがやっているもんじゃ焼きの店に連れていって、相手をしてもいい。後は引っ張ってでも駅まで送り届けて帰らせよう。僅かな間にささっと決める。

「おーい。いつまでもこんなところで何してるんだよ」

持つべきものは気心の知れた親友だ。

先ほどから少し離れて冬彦たちの様子を注意して見ていたらしい牟田口が、冬彦が望んだとおりの、ここぞというタイミングで割って入ってきてくれた。

「ああ、悪い。僕は今から彼を連れて『みずた』に行くから、先に帰ってくれないか。僕も七時過ぎには帰るから、おばさんとおじさんによろしく伝えておいて」

「いいけど、なんだったら俺も一緒に行こうか？」

加勢しなくて大丈夫か、という眼差しを向けられて、冬彦は大丈夫、と目で答えた。

「俺、あんたには用ないんだけど。よけいなまねするな」

冬彦と牟田口が無言で意を伝え合っている横から、直也が牟田口にまで不躾に突っかかる。

「なんだ、こいつ」

先月から剣道部の新部長になった牟田口は、礼節を重んじ、弱者を守ろうとする、懐の深い男なのだが、さすがに直也のこの物言いには驚き呆れたようだ。

「おまえ一年だろ。広尾《ひろお》あたりの名門私学では、他校の先輩にそういう態度を取ってもかまわないと習うのかよ」

社交的で、剣道を通じてあちこちに知人や友人がいる牟田口は、直也の制服を見てすぐどこの学校のものかわかったようだ。

「あ、あんたたちと一年しか違わないだろうが」

言われたら言い返さずにはいられないのか、直也は負けん気の強さを剝き出しにする。

「とにかく！　牟田口、またあとで」

「おう。『みずた』のおばさんによろしくな」

牟田口がひらっと手を振って歩道橋を上がっていくのを見送ってから、冬彦は「僕たちはこっち」と直也を促した。歩道橋の脚下を通り抜け、幹線道路沿いに三十メートルほど進み、三つ目に交差している道を右に入る。

牟田口が行って、再度二人きりになると、直也は急におとなしくなった。それが単に電池切れを起こしただけなのか、はたまた、さっきまでは必要以上に悪ぶった態度を取っていたのかはわからない。いずれにしても、おとなしくなったからといって扱いやすくなったわけではなさそうだった。

「さっきからあんたたちが言ってる『みずた』って、何？」

相変わらず突《つ》っ慳貪《けんどん》で、言葉遣いは横柄《おうへい》だ。いくら注意しようと直す気は毛頭《もうとう》なさそうだ。最初から冬彦に悪感情を抱いて顔を見に来たようだから、こうした態度も嫌がらせのうちなのだろう。冬彦は気にしないことにした。

「もんじゃ焼きの店」

教えた先から看板が見えてきた。二階建ての古い店舗だが、おばさんが気さくでおおらかな上、面倒見もいいので、付近の学生たちは皆この店のファンだ。鉄板に具材で土手を作り、中に出汁《だし》を流し込み、ドロドロにしながら適度に焦《こ》がして、熱々を少しずつ掬《すく》って食べる。見た目はちょっとあれだが、皆でワイワイはしゃぎながら食べるのが楽しい。学生の懐に優しい値段設定もありがたかった。

ガラッと引き戸をスライドさせて店の中を覗《のぞ》くと、おばさんが「いらっしゃい」と明るい声で迎えてくれる。

「冬彦くん……！　来てくれたの。ありがとう。お祖父《じい》さんのこと、つらかったね。少しは元気出た？」

「はい。こちらこそ、葬儀のときはいろいろ手伝っていただいて、ありがとうございました」

小上がりが空いていたので、靴を脱いで掘《ほ》り炬燵《ごたつ》式になったテーブルに直也と向き合って着く。テーブルの大半は嵌《は》め込まれた鉄板だ。

直也はムスッとしたままメニューを見ようともしないので、冬彦が勝手に注文する品を決めた。

「コーラ二つと、明太子とチーズと餅《もち》のもんじゃを一つ。お願いします」

牟田口の家に帰ってから、用意してもらっている夕飯をいただくつもりなので、ここであまり腹を膨《ふく》らませるわけにはいかない。

出汁の入った丼に具材を山盛りにしたもんじゃのネタが運ばれてくると、焼くのは全部冬彦がした。直也は何一つ手伝おうとせず、食べる段階になってようやく動きを見せた。

本人の意向も聞かずにここに連れてきたのは冬彦なので、何もしなくてもべつにかまわないが、たとえ半分血が繋がっているとしても、この子とは合わないという確信は強まった。

美味しいの一言も言わず、黙々と小さなヘラでもんじゃを剝《は》がして口に運ぶ。

食べ終えるまでそんな感じだった。

「きみ、僕に何か言いたいことがあって来たんじゃないの？」

温《ぬる》くなったコーラの残りを飲みながら、冬彦のほうから話を振る。直也の出方を待っていたら埒《らち》が明きそうになかったし、このまま別れると冬彦も気になって落ち着かない。ここに連れてきたのも話をするためだ。なぜいきなり冬彦に会いに来たのか、いつから存在を知っていたのか、冬彦からも聞きたいことはたくさんあった。

店に来てからずっと冬彦と目を合わせようとしなかった直也が、ようやく視線を向けてくる。

こうしてしばらく一緒にいて、食事までしても、直也の目にあるのは敵を見るような不穏さと悪感情ばかりで、友好的な雰囲気はかけらも窺えない。

「おまえ、絶対おれの家に来るんじゃないぞ」

直也は溜めていた憎悪をいっきに叩きつけるように冬彦を牽制してきた。

「僕がきみの家に何かすると思って、心配しているわけ？」

冬彦は意表を衝かれて唖然《あぜん》としながらも、直也の気持ちはだいたいわかって納得できたところも多かった。

「……父さんの部屋に、おまえのことがいろいろ書かれたファイルがあったんだ」

不在のときにこっそり入り込んで、父親の秘密を探り当てでもしたのか、ぐっと低められた声音から、不当なまねをしたバツの悪さを本人も感じているのが伝わってくる。

どうやら直也の父親、結城氏は、冬彦のことを以前から調べ、把握していたらしい。

「それ、いつ見つけたの？」

「忘れた。だいぶ前」

直也は不愉快そうに吐き捨てるような調子で答える。

「ゲーム機隠されて探していたら、棚の隅に置いてあった段ボール箱の中にそれが一冊だけ放り込まれてた。なんだろうと思って見たら、おまえの写真がプリントアウトされた紙に、名前と住所と通っている中学校が書いてあった。他にもいろいろ。三ページくらいにびっしり書いてあったけど、ショックで読めなかった」

そのとき受けた衝撃を思い出したのか、突然直也は顔を歪《ゆが》め、今にも泣き出しそうに崩壊寸前の表情を浮かべた。

「まさか自分に母親違いの兄弟がいるなんて思ってもみなかった。びっくりしてゲーム機どころじゃなくなって、段ボール元に戻してすぐ部屋を出た。それからしばらく父さんの顔が見られなかったよ。一つ違いってことは、母さんと結婚する前じゃなくて、してからだ。母さんのこと大事にしてる振りしながら、裏では浮気してたのかと思うと、父さんの言葉や態度全部信じられなくなったよっ」

最後は叫ぶように言い、髪が揺れるほど大きく首を振る。

そして、怒りに燃えた目つきで冬彦を睨みつけてきた。

「おれは絶対におまえを認めない」

何度絶対と言っても言い足りないとばかりに直也は冬彦を完全否定しようとする。

「だったら、僕に関わらないようにすればいい。実物を確かめに来る必要、あった？」

自然と冬彦の口調も冷たくなる。突如現れた見知らぬ少年に敵視され、突っかかられて、こっちも迷惑だ。自分にとっては最初から存在しなかった父親の家庭など、わざわざ知る必要もなかった。それなのに、母親違いの弟が目の前に現れたら、気にせずにはいられないではないか。気持ちを乱され、あれこれ考えざるを得なくなる。どうしてくれるんだ。そんな恨みがましい気持ちも込み上げる。

「この前殺されたのが、おまえのお祖父さんだってわかったからだよ」

直也は言葉を選ばずに言ってのけた。

だが、もう冬彦も直也に何を言われても傷つかないくらい心を凍らせていた。

「テレビでニュースを見ていた父さんの顔色が変わって、態度がなんとなくおかしくなったからピンと来た。苗字が一緒だし、事件があった場所も同じだ。同居している孫は近所の家に泊まりに行っていていなかった、って言われてる孫がおまえのことだと気づくのなんかすぐだったよ」

「ああ、そういうことか」

ようやく冬彦にも直也が何を警戒しているのか呑み込めた。

馬鹿馬鹿しい。今さら戸籍上もなんの関係もない父親のところに行くはずがないではないか。引き取ると言われたとしても、冬彦のほうが断る。針のむしろに座るも同然の環境になるのは目に見えている。それくらいなら施設に入るほうが数倍マシだ。

「心配しなくても、今までもこれからも僕は結城さんの家とは無関係だから」

「……それ、本気で言ってるんだろうな？」

直也は疑り深そうな眼差しで冬彦を見る。

「言っておくけど、母さんはおまえのこと何も知らないんだ。父さんと仲がいいんだ。だからおれは、秘密を知ったこと、誰にも話さなかった。父さんも、おれがあれを見たことに気づいてないはずだ」

「それでいいと思うよ」

一人で秘密を抱えるのは苦しかっただろうが、今日こうして冬彦にぶつかることで、少しは負担が減ったかもしれない。

冬彦は感情的にならずに冷静さを保って直也と話せた自分を褒めてやりたかった。

「結城さんはニュースで祖父の事件を知ったとき、身寄りのなくなった僕を引き取らなくちゃいけなくなるかもしれないと思って狼狽《うろた》えたのかもしれないけど、黙っていれば僕との関係は誰にもわからないことだから。それより、役所の人が捜すとしたら僕の母親のほうだよ。でも、母さんともこの十年間一度も連絡ついていないから、時間がかかるだろうね」

淡々と言いつつ、内心では、母親はもうこの世にいないのではないかと予感していた。理由はないが、なんとなくそんな気がするのだ。二度と会えない、縁がない人だという不可思議な感覚がずっと前からある。

「なら、おまえ、どうするつもりだよ」

直也の口調から心持ち刺々しさが減った。

根は悪くないのかもしれないとようやく思えて、少しホッとする。

「児童養護施設というのがあって、とりあえずそこにお世話になることになりそうだ。今月いっぱいは友達の家にいさせてもらって、来月からはたぶんそこ。受け入れ先は見つかっているみたいだから、きみは何も気を揉まなくていい。今までどおり知らん顔して、父さんと母さんと暮らしなよ。……他にはきょうだいいないの？」

「いない」

最後はよけいな詮索だったかもしれないと聞いてから悔やんだが、直也は無視せずぶっきらぼうに答え、上目遣いに冬彦を一瞥する。

「いとこはいるけど、生意気な女で好きじゃない」

幼さの残る頬に微かに赤みが差すのを見て、冬彦のことなど認めないと口では突っ張っているが、心のどこかに、嫌いは嫌いだがたった一人の兄弟だという気持ちがあるのかもしれない、と冬彦は思った。従姉妹とは歳は近そうな口振りだが親しくはしていないようだ。

それからしばらく沈黙が続き、冬彦からもこれ以上話すことはなかったので、伝票に手を伸ばした。

「そろそろ帰ろう。駅まで送るよ」

直也も黙ってテーブルを離れ、靴を履く。

会計は冬彦がした。たいした金額ではなかったが、直也とはこれが最初で最後の機会かもしれないと思うと、感慨深いものがある。話せて、まぁ、よかった、と消極的ながら感じた。

十分ほどの道のりを互いに無言のまま歩き通し、直也が改札を潜《くぐ》るところまで見届けた。遠離《とおざか》っていく背中が人混みに紛れて見えなくなると、我知らずふっと溜息を洩らしていた。

今から帰ると牟田口にメッセージを送っておこうと思い、リュックのポケットに入れたまま触っていなかった携帯電話を開く。

気づかないうちに佳人からメッセージが来ていた。

新規メッセージを見つけたとき、胸がトクリと高鳴った。

『さっそくだけど、明後日の日曜日、どうかな？　急すぎる？』

急は急だが、願ってもない嬉しい誘いだ。

さっきまで重く沈み込んでいた気持ちを、佳人がくれた簡潔なメッセージ一つがあっというまに浮上させてくれた。

冬彦はその場で佳人に返信する。

『大丈夫です』

早くも明後日が楽しみだった。

2

「あ、来た！」

改札口に押し寄せる乗降客の中に、すっかり見慣れた冬彦の姿を見つけた佳人は、遥の傍らで弾んだ声を上げていた。

前に芝公園《しばこうえん》で会ったときに着ていたのと同じピーコートだったので、すぐにわかった。気のせいか、少し背が伸びたように見える。通夜では椅子に座ったところしかちゃんと見なかったので気づかなかった。いや、いくらなんでも一週間で身長が変わるとは思えないので、きっと気のせいだろう。もしかすると、心労や葬式のときの忙しさで瘦《や》せて、縦に長くなったように見えるのかもしれない。

近くで見ても特に窶《やつ》れた様子は見受けられなかったので、佳人はひとまずホッとした。

「こんにちは」

冬彦は遥と佳人を交互に見て礼儀正しく挨拶すると、遥に向かってはにかんだ笑顔を見せた。

「先日は、通夜に来ていただいてありがとうございました。きちんとご挨拶するのが遅くなってすみません」

大人と変わらないしっかりした言葉遣いで、遥を前にしても気圧された様子もなく堂々としていて、たいしたものだと佳人は感心する。大人と違ってよけいなことを考えず、先入観も少ないから、怖じけず真っ直ぐな態度を貫けるのかと思う。とは言え、冬彦のこの清々《すがすが》しさは、本人の気質によるところが大きいのだろう。それに加えて、昔気質のヤクザだった祖父に育てられたこと、その血を汲んでいることも無視できなそうだ。

「このたびはご愁傷様だったな。こちらも挨拶が遅れて失礼した。黒澤遥、だ」

遥の口調は幾分ぎこちなかったが、醸し出す雰囲気は普段より少し柔らかめになっている。意識して表情や態度に硬さや圧を出さないようにしているようだ。もっとも、そこはかとなく凄みがあった真宮源二と比べたら、遥の無愛想さなど冬彦には萎縮するほどのものではないだろう。

冬彦くらいの年齢でも子供は子供で、遥は慣れるまでどんなふうに接すればいいか悩むかもしれないと佳人はひそかに思っていた。遥は意外と人見知りするし、相手が子供だからといって、態度を変えることは基本的になさそうだ。子供相手でもムスッとして、そっけないので、怖がられることがままあるらしい。小さな子供は特に苦手のようだ。その点冬彦はもうほぼ大人と変わらないので、そんなに問題ないはずだが、子供扱いも大人扱いもしづらい中途半端な年齢に戸惑う気持ちは佳人にもわかる。

「真宮冬彦です。黒澤さん、とお呼びしたほうがいいですか。それとも……」

冬彦が遠慮がちに遥に伺いを立てる。

「おれのことは名前で呼んでもらっているから、遥さんもそのほうがいいですよね。苗字だとちょっと堅苦しいし」

佳人は遥が返事を迷った一瞬の隙を突き、すかさず横から言った。そのほうが自分も助かったようで、遥は眉を顰めもしなければ、文句を言いもしなかった。

「じゃあ、遥さん、と佳人さん、で」

ほんのり頬を赤らめつつ、冬彦が確認するように二人の名前を口にする。

あらためて冬彦に呼ばれると、佳人までなんだか照れくさかった。遥と並べて言われたからだろうか。我ながら変だという自覚はあるが、子供が親に、お父さん、お母さん、と話し掛ける場面が頭に浮かぶ。それと似た響きだなと思ったら、ますます顔が熱くなった。

「おい。行くぞ」

遥に不審な眼差しを浴びせられ、佳人は慌てて「はいっ」と返事をした。

いつの間にか冬彦と遥は佳人を置いて歩き出しており、数歩先にいた。

追いついてきた佳人を見て、冬彦がクスッと笑う。なんとも大人びた笑みを見せられて、これでは自分のほうが年下のようだと感じ、面目ない気持ちだった。

予約した店は、待ち合わせした地下鉄の駅から地下通路で繋がったビルの最上階にある。二十五階から上がレストランになったオフィスビルだ。

直通のエレベータで一気に二十七階に上がる。

「せっかくだから、眺めのいい個室が使えるレストランでゆっくり喋りながら食事したいなと思って。中華なんだけど、問題ない？」

「はい。こんなちゃんとしたレストランに連れていっていただくのは初めてで、ちょっと緊張しますけど。楽しみです」

「個室だから、入ってしまえば気楽だよ、きっと」

佳人は冬彦と足並みを揃《そろ》えて、一足先にエレベータを降りた遥の背中を追って歩きつつ、

「遥さんも今日は少し緊張しているみたい」

と、こっそり耳打ちする。

「そうなんですか。全然そんなふうには見えないです」

「普段からあまり喋るほうじゃないから、わかりにくいけどね。おれと二人だと、家にいるときのほうが外でよりは口数が増えるかな」

「家族、ですもんね、お二人は」

心なしか、家族と言ったときの冬彦の語調がザラッとしていた感じがして引っ掛かり、佳人は少し気になった。遥たちを嫌悪したとか揶揄《やゆ》したとかでは全然なくて、自分自身のことで何か感情的になってしまうことがあったようだ。

「その後、役所みたいなところから連絡は来た？」

児童養護施設に関係することで、何か新しい展開があったのかと佳人は真っ先に考えた。先週、

冬彦と葬式前に会ったとき、確か、週明けくらいにその件でまた連絡が来るようなことを言っていたのを思い出す。

「はい。あ、そう、そうでした！　バタバタしていて佳人さんにお知らせし損ねていましたが、実は今の中学校にそのまま通える施設に入れていただけるみたいです。空くかどうかはっきりしていなかったところが、結局空くことになったとかで」

「それはよかったね！」

「はい。本当に、こんな都合のいい話はめったにないよ、と言われました」

いい知らせだ。先ほど感じた違和感の原因はこれではない気がするが、この件はこの件で教えてもらってよかった。

自分たちが冬彦を養子に迎えたいと考えていることは、まだ冬彦には言わずにおくと遥と決めているので、よかったと一緒に喜ぶ以上の話はできないが、何度も転校させずにすむのはありがたい。冬彦は今の中学校で充実した学生生活を送れているようで、本人も学校を変わらないといけないなら残念だと洩らしていた。佳人たちが年内に家庭裁判所に申し立てをしたとしても、許可が出るまでしばらくかかるだろうと昨日言われたばかりだ。

貴史が言っていたとおり、兼森はテキパキとした明るい女性で、なんでも言葉を濁さず話してくれた。養子縁組の手続きがスムーズに行ったとして、冬彦を黒澤家に迎えられるのは最短で二月になるだろう。当然、学区が変わるので、黒澤家に来てもらうと転校を余儀《よぎ》なくされる。短い期間に二度も、となるのは気の毒だと思っていた。とりあえず養護施設にいる間は今のままでいいことになったのなら、なによりだ。

横浜《よこはま》中華街に本店を構える中華レストランの個室は、思った以上に広かった。大きく取られた窓からは、青く晴れた空の下、霞《かすみ》ヶ《が》関《せき》のビル群を一眸《いちぼう》できる。

佳人は冬彦と遥が向かい合わせになる形で窓側の席に着くよう二人に勧め、自分は遥の隣に座った。今日は主に、冬彦に遥と話してもらいたかった。

初めのうちは、遥と冬彦の遣り取りはどこかぎこちなくて、ときどき佳人が間に入って繋ぐ役目をしていたが、頼んだコースの前菜を食べ終わる頃には、お互い、いい感じに緊張が解れてきたようだ。二人が打ち解けだしたのは佳人が想像していたよりも早めだった。

外の景色を見下ろしながら、天気の話や今日この場所に来るまでの経路、普段はどの辺りによく行くのか、といったいかにも初対面同士らしい会話をしていたのが、だんだん内面に触れるような深みのある話題になっていく。

「じゃあ、遥さんもご両親はいらっしゃらなくて、今は佳人さんだけが家族なんですか」

「そうなるな」

「あの……こんなこと聞いていいかどうかわからないんですけど……」

冬彦が遠慮がちに伺いを立てる。

傍らでニコニコしながら耳を傾けていた佳人にも含みのある視線を向けてきたので、遥と佳人二人に関係のあることだな、と察した。だとすると馴れ初《なそ》めかな、とまで予想して、遥をちらっと流し見る。遥も決して鈍くはないので、なんとなく佳人と同じ推察をしたようだ。もし本当に聞かれたらどう答えるのか、佳人は興味があった。自分たちの関係を中学生の子供にどう説明するつもりか知りたい。わりと明け透けなところがあるので、ざっくばらんに言い過ぎないかとちょっと心配だが、いざとなったら止めに入ればいいことだ。遥のことだから、聞くな、と頭ごなしに突っぱねはしないと思った。

「なんだ。聞くだけ聞こう」

予想どおり、遥はだめだとは言わなかったが、どこかの誰かを思い出させる言い方で予防線を張る。遥が東原の影響を多少なりと受けるのは、二人の仲のよさを鑑《かんが》みれば無理からぬことではあるが、佳人はやきもち焼きなので、遥の中に東原の存在をちらとでも感じると、胸がザワザワする。我ながら遥に関しては独占欲が強くて狭 量《きょうりょう》になりがちだと思っている。

「お二人は、どういうきっかけで今みたいな関係になったんですか?」

やはりそう来たか。佳人は冬彦の興味深そうな顔を見て苦笑する。

遥も当然予測はしていたと思うが、計算外だったのは、傍らの佳人にまで何と答えるのか興味津々《しんしん》の態度を取られたことだろう。佳人からの視線を感じたらしく、わざわざ顔を横向けて佳人を見据え、嫌そうに眉を顰めた。

「……そういう質問は、俺ではなく佳人にしたほうがいい」

「えっ。ダメですよ」

すかさず佳人は矛先《ほこさき》を躱《かわ》し、標的を遥に戻す。

「冬彦くんは遥さんに聞いたんですよ」

遥がムッと唇を引き結び、佳人を忌々《いまいま》しげに睨む。

「きっかけ、か」

それでも冬彦には不機嫌そうな顔は向けず、こんな話は柄《がら》ではないと言いたげな様子で、不器用ながら話しだす。佳人は遥のこういうところも愛おしい。潔《いさぎよ》く、誠意があって、他人にかけられた期待を裏切らない。今すぐ抱きしめたくなって、佳人は困ってしまう。

「きっかけは……一目惚れだ。俺の」

「えっ」

佳人は自分でもびっくりするくらい大きな声を出してしまい、遥と冬彦に同時に顔を見られて猛烈に恥ずかしかった。耳朶《みみたぶ》や首まで茹で蛸《だこ》のように赤くなっているに違いない。

「なんだ。俺が何かおかしいことを言ったか」

たった今、一目惚れなどという熱い言葉を口にしたばかりの恋人に、取り澄ました顔をして揶揄するような視線を浴びせられ、佳人はぐうの音《ね》も出なかった。

横目で佳人を流し見する遥はゾクゾクするほど色っぽい。一瞥されただけで、心臓を直接手で愛撫されたような衝撃が走り、動悸が静まらなくなる。

「ず、狡《ずる》くないですか、それは」

「何がだ」

「だって、最初の頃はあんなに……」

冷たかったくせに、と続けようとして、冬彦に微笑ましげに見つめられていることに気づく。いい歳をした大人が中学生の前で何を躍起《やっき》になっているのか、と恥ずかしくなる。

「本当に仲がいいんですね」

面目なさに赤面した顔を俯けかけた佳人に、冬彦が余裕すら感じさせる落ち着き払った様子で大人びた発言をする。

「佳人さんに一目惚れ、はすごくわかるというか、納得できるんですけど、遥さんはなんとなくそんなふうには人を好きにならない方かなと思っていたので、意外は意外でした」

「今のは連ドラ全話を五分に纏めたような返事だよ」

遥がそれ以上喋る気がなさそうにしているので、代わりに佳人が遥の言葉に注釈を付けた。

「じゃあ、いつか僕がお二人ともっと親しくなれたとき、全話版を聞かせてください」

「う、うん……そうだね、わかった」

全話版はかなり濃厚なんだけど、と思って、佳人は歯切れの悪い返事をする。頭の中を遥との出会いから今日までの出来事が走馬灯《そうまとう》のように流れていく。少なくとも冬彦が十八歳になるまでは無理だ。月見台での最初のアレも、遥の昔の秘書によるあれからのソレも、今の冬彦に語るにはまだ早い。横からの視線を感じて遥を見ると、冷やかすような眼差しが、約束したのはおまえだから、話すときはおまえが話せよ、と念押ししているのがわかり、佳人はまたもや、うっ、と詰まった。

「冬彦くんは、恋人とかはいないの？」

今時の中学生の恋愛事情はさっぱりだが、冬彦はいかにもてそうなので、付き合った経験くらいはありそうだ。

「いえ、いません。どっちかと言うとそういうのに関心がなかったので」

なかった、と過去形で冬彦は否定する。

「俺もきみくらいのときはそうだった」

普段なら絶対に聞き役に徹しそうな場面だったが、遥にも今日は冬彦と話をしに来たという目的があるためか、おや、と目を細めたくなるタイミングで口を開く。こんな遥は新鮮だ。新しい出会いは自分たちの関係にも別の風を吹き込んでくれて興味深い。

「うん、やっぱり冬彦くんは遥さんと似ているところがある気がするな」

「そうですか？　それは嬉しいです」

冬彦は遥に敬愛の念を抱いているようで、続けて少し声を低めて「光栄です」とも言った。

冬彦をジッと見ていた遥は、あえて感情を削《そ》ぎ落とした感じの静かな声で、めったに自分からは触れることのない、自らの経験や過去を語りだす。

「俺は若い頃は人に頼るのが嫌で、早く自分の力で生活できるようになりたくて、だいぶ無理もした。一人でもなんとかできると意地になっていたんだろう。親戚の家に弟と二人で身を寄せさせてもらって感謝はしていたが、どの親戚も人間的にあまり好きではなかったしな」

正直、佳人は驚いていた。今日の段階で遥がこういう話をするほど冬彦に心を開くとは、さすがに思っていなかった。

冬彦も、これは心して聞くべきだと思ったのか、神妙な顔つきになる。

「野心も人並み以上にあったから、成功しようとがむしゃらだった時期もある。次々に会社を興《おこ》して、全部自分で采配を振るわないと気がすまなかったのも、詰まるところ自分以外の人間をどこまで信じていいかわからなかったからだ。人を使うのは難しい。自分でやるほうが心配ないし、気が楽だ。さすがに五社も六社も経営するようになると、人に任せないと回らない部分も増えてきたが」

「僕もなるべく自分で全部やりたいほうです」

遥は冬彦の顔を見てフッと唇を緩め、小気味よさそうにする。

「そういう目をしている」

思わずといった感じで冬彦は目元に手をやった。自分が今どんな目をしているのか、気になったようだ。

「あの。……遥さんには僕がどんなふうに見えていますか」

照れくさそうにしながらも、冬彦の目は真剣だった。

あ、と佳人は冬彦に先を越された感じがして、ちょっと悔しかった。それは佳人も遥に聞いてみたいことの一つだったと、冬彦の発言を聞いて思い出したのだ。なまじ一緒に住んでいるものだから、聞こうと思えばいつでも聞けるという気持ちがあって、実際に聞くところまでなかなかいかない。常にそこはかとなく胸の奥にあり続けていて、機会があれば聞いてみたいとたまに存在を意識する程度になっていた。

自分自身がそうだから、佳人には遥にこの質問をした冬彦の気持ちがよくわかった。遥がどう答えるのか、とても興味がある。

「……どう？　どうと言われてもな」

遥は形のいい眉を寄せて眉間に皺《しわ》を作り、少し考えてからおもむろに口火を切る。

「昔の俺を見ているような気がするし、ひょっとすると、佳人もこういう感じだったのかと、想像が具体的に膨らみもする。だから、つい、さっき恥ずかしげもなく自分語りしてしまったんだが。……そうだな、きみを見ていると、いろいろな可能性が見えて面白い」

遥の言葉は佳人の胸にも深く沁みてきた。

「年齢的にも、今からならまだたいていのことに挑戦できるし、これと決めたらきみはやり遂げそうだ。一本芯が通っているだろう？　がんばり屋で負けず嫌いにも見える」

「はい」

冬彦は迷うことなく頷いた。

「将来なりたいものとかあるのか？」

今度は遥が冬彦に聞く。

「まだ、ないです。小学生のときはサッカー選手に憧れたりしていましたけど、残念ながら、スポーツは人並みにしかできないとわかったので、早々に諦めました」

「自己分析が冷静かつ迅速だな」

遥が薄く笑って冷やかす。冬彦は擽ったそうに睫毛《まつげ》を揺らして目を伏せた。

「とりあえず高校は出ようと思っています。できれば大学も。基礎力を付けたいんです。祖父もそうしろと言ってくれていましたし」

少し俯きがちにしていた顔を上げたとき、冬彦の目は静謐《せいひつ》な水面を思わせながらもドキリとするほど力強く感じられ、佳人は胸を衝かれる思いがした。

「その気になれば、なんとでもなるものだ」

——ええ。おれたちも、ですね、遥さん。

佳人は遥の言葉に心の中で相槌を打つ。おそらく遥も、冬彦に言いながら、同時に自分自身に向けてもいたのだろう。

食事は締め括《くく》りのデザートとお茶を残すのみになっていた。ランチなので品数が少なく、冬彦はこれで足りたかなと心配になる。

「アラカルトで何か追加する？」

「いえ、僕はもう充分です」

「この後の予定は？」

遥に聞かれて、佳人は冬彦に問う眼差しを向けた。

「僕はお二人さえよければ、まだ時間ありますす」

「だったら遊園地にでも行く？」

冬彦とそんな話もしていたので遊園地を挙げると、窓際の男二人は明らかに気乗りしない顔をした。その表情があまりに似ていておかしかったので、佳人は吹き出しかけた。

結局、遥の提案で近くの公園をブラブラすることになった。

都心に広々とした敷地面積を持つ公園には、日曜とあってたくさんの人が訪れている。いくつか催《もよお》しも開催されており、賑《にぎ》やかな場所もあった。

七百本の秋バラを植えたバラ園や、千二百点ほど集まった菊花の展示など、季節の花も見応えがあって愉《たの》しめた。

芝が敷かれた広場を、噴水を目指して三人でのんびりと歩く。

遥が前を行き、後ろを佳人と冬彦が並んでついていく。自然とそれが三人で歩くときのスタイルとして定着した感がある。

「今日は外でお会いしましたけど、次があれば佳人さんたちのおうちにお邪魔してみたいです」

歩きながら冬彦が屈託なく言う。

「ご迷惑でなければ、ですけど」

「迷惑なんかじゃないよ」

佳人はすぐにそこは強調した。

「はい。たぶん、ですけど、僕が未成年だから、気を回していただいたんですよね？」

聡《さと》い冬彦はそこもわかっていた。本当にいろいろと気がつく子だ。

「ごめんね。約束していたのに」

今度うちに来ない？　と誘ったのは佳人のほうだ。あのときは何も考えずさらっと口にした。昨今は変な大人も多いから、本人が承知していても周りが警戒して、常識がないと胡乱《うろん》な眼差しを向けられるかもしれない。後になってそのことに気づいた。普段未成年と関わることがないので、この手の感覚がちょっと鈍かった。反省している。

自分たちに疚《やま》しいところはないと誓えるが、未成年を保護者の許可なく家に連れ込んで何をするつもりだった、と邪推《じゃすい》する人がいないとも限らない。それが誤解であっても、一度でも世間の顰蹙《ひんしゅく》を買えば、養父に相応《ふさわ》しいかどうか調査されたときマイナスになるだろう。今は少しでも軽率な行動はするべきではない。自戒する必要性を遥と共に確認し合った。

「いえ、それは気にしてないです」

冬彦はサバサバした調子で続ける。

「施設にお世話になるようになったら、そこの先生に許可をもらって遊びに行きますよ。それならきっと誰も変なこと言わないんじゃないかな」

「うん、言わないね。っていうか、言わせない」

「じゃあ、次こそは」

小指を立てて差し出され、佳人は懐かしい気持ちになりながら冬彦と指切りした。

「落ち着いたら連絡して」

「はい。今年中にもう一度お会いできたら嬉しいんですけど、しばらくはバタバタするかな」

「おれと遥さんはずっと一緒にいるから、いつでも大丈夫だよ」

「それ、惚気《のろけ》ですか」

冬彦にニヤニヤしながら聞かれ、佳人は冬彦の頭を軽く握った拳《こぶし》でコツンと叩いた。

「大人をからかわない」

すみません、と冬彦は素直に謝る。謝りながらも笑っていた。

振り返らずに前を歩いている遥の背中が揺れた気がする。遥も佳人と冬彦の遣り取りに耳を欹《そばだ》てていたようだ。

「ああ、でも、じきに冬彦くんの頭はおれより高くなるんだろうな。さっきみたいにコツン、ってできるのも今だけかな」

「……早く、そうなりたいです」

佳人のぼやきに冬彦がすっと表情を引き締めて答えたとき、遥の背中がまたピクリと動いた。

「冬彦」

立ち止まり、振り返った遥が、ちょっと凄みのある目で冬彦を自分の傍に呼び寄せる。いきなり呼び捨てにしたので、佳人はちょっと驚いたが、そのほうが遥らしくてしっくりくるのは確かだ。冬彦も違和感は覚えなかったらしく、「はい」と弾んだ声で応え、遥の許に行く。

「俺の名刺だ」

遥は冬彦に名刺を渡していた。

「裏に、プライベートで使っている携帯の番号とメアドも書いておいた。困ったことがあれば、電話でもメールでもいい、連絡しろ」

「はい。あの、……ありがとうございます」

冬彦は恐縮したようにぺこりと頭を下げ、名刺を大事そうに財布のポケットに仕舞《しま》う。

「すごく心強いです」

まるで御守りをもらったように言う。遥にこんなふうに言ってもらったら、確かに頼もしいだろう。佳人には相談しづらいこともそのうち出てくるかもしれない。そんなときには、遥がきっと冬彦の力になってくれるはずだ。

遥がいきなり冬彦を呼んだので、何事かと一瞬構えたが、名刺を渡したかっただけらしい。

冬彦は名刺を仕舞った財布を手に持ったまま、佳人の傍に戻ってきた。やはり遥の貫禄《かんろく》は尋常ではなく気圧されたらしく、自然体でずっと傍にいられるようになるには、それなりの慣れが必要なようだ。佳人も最初のうちは息をするのも憚るほど緊張し、精神的に疲れていた。

「ほんと、何かあったら遠慮なく相談して」

「……はい」

佳人は冬彦の返事に微妙な間があった気がして、ふと心配になった。食事中にもちょっと引っ掛かりを覚えたことを思い出す。

「何か、ある……？」

「あ、いえ。今は大丈夫です」

冬彦は躊躇いを振り払うように首を振り、二つ折りの薄い財布を、斜め掛けにしたキャンパス地のボディバッグに入れる。

今は大丈夫と冬彦に言われたが、佳人は、これは何かあったなという感触を強めた。本人が立ち入ってほしくないのなら、とりあえず静観するが、何かあるようだということだけは心に留めておこうと思った。

しばらく歩くと、テラス席が広く取られたカフェがあった。

「ケーキ食べる？」

「はい」

冬彦はよけいな遠慮をせず、イエス・ノーをはっきり言うので気持ちがいい。断るときも、嫌な感じにならないように気を遣った返事の仕方をするので凝《しこ》りが残らない。聞かなければよかったとこちらに感じさせないのは、たいしたものだ。

気温は低いが、天気は上々で風もほとんどなかったので、テラス席を希望する。

遥はコーヒーだけでいいと言い、佳人は紅茶、冬彦はカフェオレで、それぞれケーキをセットにした。遥と二人だけでこういう店に入っていたら、佳人も絶対にケーキは頼まない。貴史とでも、よほど小腹が空いていない限りは頼まないだろう。子供が一人加わるだけで、ちょっとした変化が起こる。不思議な気分だ。

冬彦と佳人がケーキを選んでいる間、遥は興味なさそうなふうを装いつつも、目を細めて優しい眼差しをしていた。

長い脚を組み、肘掛けに片肘を突いて顎を支えたポーズが、決まりすぎている。

「かっこいいですね」

メニューの陰で冬彦がひそと佳人に囁く。

「……うん」

「僕もあんなふうになれますかね」

「なれると思うよ」

冬彦は佳人のように骨格が華奢《きゃしゃ》なタイプではなさそうなので、成長して体を鍛《きた》えれば、遥に近い体型になりそうだ。成長した冬彦を絶対に見てみたい。

RESTAURANT

「さっきから何をヒソヒソ話している」

遥が不審そうに声を掛けてくる。自分だけカヤの外に置かれた気がするのか、不本意そうだ。だが、別段機嫌を損ねた様子はない。遥は怖そうな雰囲気は醸し出すが、怒りっぽくはない。そこも佳人は好ましく思っている。

「さっさと決めろ」

「すみません！」

佳人は冬彦と肩が触れ合うほど近づけ合っていた体を元に戻し、面目なさそうに首を竦《すく》めた。

「僕、これにします」

「モンブランか。おれはサバランにしよう」

「お酒入りって書いてありますよ」

「平気だよ。大人だから」

遥がチラリと佳人の顔を見る。

仲がいいな、と羨ましがっているような視線を受けて、佳人は遥にだけわかるように一瞬だけ唇を窄《すぼ》めてみせた。

そうやって、好き、と遥に伝える。

遥は俯き、フッと苦笑した。そのまま顔を横向ける。

「すみません。オーダーいいですか」

佳人は何食わぬ顔で手を挙げ、ウエイターを呼ぶ。

ウエイターが来て佳人が注文している間、遥はテラスの傍を通りかかる人と犬に視線を向けており、冬彦はそんな遥を見ていた。

*

「じゃあ、ここで別れようか」

「はい。今日はいろいろありがとうございました。中華もケーキも美味しかったです」

「気をつけて帰れよ」

「はい。遥さんたちもお気をつけて」

さようなら、と手を振り、冬彦はＪＲの改札を潜《くぐ》っていく。

ピーコートを着てボディバッグを斜め掛けにした後ろ姿が視界から消えてしまうと、灯《とも》っていたロウソクの火が消えたような寂しさに襲われた。

「帰るぞ」

遥に背中をポンと撫でるように叩かれる。

佳人は気を取り直し、はにかんだ笑顔を遥に向けた。

「今日はすごく楽しかったです。遥さん、ありがとうございました」

「俺もだ」

二人になると遥はいつもどおりぶっきらぼうになる。端から見れば、三人でいたときとそこまで変わっていないように思われるだろうが、佳人にはだいぶ違って感じられる。二人きりだと完全に気を許してくれていて、まったく気負ったところがない。冬彦と接するときには、遥なりにいろいろ配慮し、神経を張り詰めさせていたようだ。

「今日はおれが運転するので、遥さんはよかったらシートを倒して休んでください」

「……ああ。そうだな。もういい加減、俺もおまえの運転に慣れたから、そうさせてもらおう」

「そんなに最初のうちは怖かったですか、おれの助手席に座るの」

「聞くな」

否定してくれないんですね、と佳人は苦笑いする。

冬彦と待ち合わせした駅の傍の駐車場に車を取りに行き、佳人の運転で帰宅する。

三十分ほどのドライブだったが、遥はウトウトしているうちに本格的に眠気が差してきたようだ。自宅のすぐ近くに来るまで寝ていた。正味《しょうみ》十分ほどだが熟睡できたらしく、髪に指を差し入れて掻き上げながら、頭がすっきりしたと言う。

「おまえは疲れてないのか。夕飯は冷蔵庫にある食材で俺が適当に作るから、先に風呂に入って茶の間でテレビでも観ていたらどうだ」

「疲れている気はしないんですが、お言葉に甘えてそうさせてもらいます」

黒澤家に帰り着いたのは六時前だったが、ゆっくり湯船に浸《つ》かっていたので、風呂から上がってテレビを点けた時には七時過ぎていた。

台所からはカレーの匂いがしている。遥も佳人もそこまでカレー好きではないので、そう頻繁に食卓に上る料理ではない。今夜、遥が珍しくカレーにしたのは、ひょっとすると冬彦のことを考えていたからかもしれない。冬彦は若者らしくカツカレーが好きだと言っていた。

佳人が風呂から上がったときには、すでに煮込むだけの状態になっていたので、手伝うとすれば盛りつけくらいだ。だが、それも、佳人がチャンネルを何度か変えつつぼんやりテレビを観ているうちに、遥がさっさと終わらせていて、結局食べるだけになった。

久しぶりに食べた遥の手作りカレーは美味しかった。

「これを冬彦くんにも食べさせてあげたいですね」

「ああ」

佳人は遥に冬彦と会って話してみての感想を聞いた。

「おまえの言うとおり、素直で利発な、いい子だな。言葉にすると月並みになるが、いいものを持っている気がする。あんな事件があったのに前向きで、俺たちの前では陰を見せずに明るく振る舞えるのはたいしたものだ。相当芯がしっかりしているんだろう」

「無理しないで、泣いたり愚痴《ぐち》ったりしてもいいんだよ、とも思うんですけど、そういうことしなそうなタイプですよね、きっと。本人は無意識かもしれないけどプライドが高そうです。弱みは見せたがらない感じがします」

何か心配事があるのではないかと、さりげなく聞いてみたときも、今はない、と微妙な返答で躱された。できるだけ自分で解決したい、という意志を感じて、悪い意味ではなく我が強いんだなと思った。他人を巻き込みたくないとか、迷惑をかけたくないといった気持ちも大きいのだろう。頭がよくて臨機応変そうなので無謀《むぼう》なまねはしない気がするが、なんといってもまだ年齢が年齢だ。陰ながら見守りたいと思う。

「祖父さんの気質をかなり受け継いでいるんだろうな。だが、話に聞く真宮源二より、冬彦のほうが柔《じゅう》も剛《ごう》も併せ持っていてバランスがいいようだ」

「それはおれも思います。なんか、あんな整った可愛い顔してるけど、めちゃくちゃ男気を感じるんですよね。特に目。目力がすごくて、見つめられると裸に剝かれて暴かれるような心地がして、ゾクッとします」

「ほう」

遥に眇《すが》めた目で見下ろされ、佳人は慌てて手を横に振る。

「あ、いや、喩えですよ。ただの」

「当たり前だ」

わかっていても遥はちらと悋気《りんき》を起こしたようだ。

「とにかく、遥さんも冬彦くんと打ち解けられたみたいでよかったです」

佳人はそそくさと話を戻した。

「冬彦くんのほうも、遥さんに好印象を持ったみたいでしたよ」

「そうか。なら、よかった」

第一関門はクリアしたと佳人は安堵している。

養父になるに際して最も大切なのは冬彦自身の気持ちだ。たとえ代諾者が手続きを行う年齢だとしても、本人の意思を蔑《ないがし》ろにして話を進めるつもりはまったくない。近いうちにきちんと話をして、冬彦の気持ちを確かめないといけなかった。

カレーとコーンスープと野菜サラダを胃に収めると、遥は後片づけを佳人に任せ、座布団を外して茶の間の座卓を立つ。

「風呂に入ってくる。おまえは先に二階で待っていろ」

去り際にチラッと向けられた流し目がゾクゾクするほど艶っぽく、佳人は息をするのも忘れそうになった。

これは、さっきちらつかせた悋気をまだ引っ張ってるな、と察する。

佳人もそうだが、遥はかなりのやきもち焼きだ。そして、独占欲が強い。

普段の遥は無愛想で感情が希薄であるかのように淡々としているが、ひとたび懐に入れたものには意外なくらい情を注ぐし、執着もする。心の扉は冷え切った鉄でできていて、歯が立たないと諦めそうになるほど堅牢《けんろう》だが、開けてみると中は高炉《こうろ》で熱く燃えている。そんな感じだ。

さすがに中学生に嫉妬するとは思えないし、嫉妬される謂《いわ》れもないはずだが、冬彦をいきなり呼び捨てにしたときの遥は、完全に相手を『雄』と捉《とら》えていた気がする。俺のものに手を出すな、と暗《あん》に牽制しているかのような情の剛さがあり、時と場所に見合わぬ色香を滲《にじ》ませていた。そこに佳人が入り込む隙はなく、遥と冬彦の間にだけ存在する対抗意識を垣間見《かいまみ》た心地だ。

遥にやきもちを焼かれるのは嫌いではない。遥の場合、嫉妬は愛情の裏返しで、妬《や》いた分だけ激しく欲情し、欲求をぶつけてくる。暴力は決して振るわない。情の強さを容赦なく体に教え込むだけだ。

今夜も……と想像すると、まだどこにも触れられていないうちから昂《たかぶ》ってくる。

半ば上の空で食事の後片づけをし、戸締まりを確認して二階に上がった。

階段のすぐ横が洗面所で、その奥にトイレと浴室が横並びにあるのだが、閉められた洗面所のドア越しにドライヤーの音がしていた。遥はすでに風呂から上がっているのがわかる。いつもなら、ドアをノックして遥に一声掛けてから階段を上がったと思うのだが、今はここで遥と顔を合わせるのが妙に面映ゆくて、足音を忍ばせながら二階に行った。

部屋着代わりにしていたスウェットの上下を脱ぎ、ボクサーブリーフ一枚を身につけた姿でベッドに潜り込む。

最初冷やっとしていたシーツと掛け布団は、ほんの僅かな時間で温まり、寝心地のよさに眠たくなってきた。まだ九時前だったが、佳人もやはり疲れていたらしい。

ふんわり軽い羽毛布団にくるまってうつらうつらしていると、寝室のドアが開いて、廊下の明かりが差し込んできた。

ギシッと固めのスプリングが僅かに軋《きし》む。

ベッドの縁に遥が体重を載せてもほとんど揺れることはなかったが、サイドチェストに置かれたナイトランプを小さく点けられて、佳人はゆっくり目を開けた。

「俺が来るとわかっていながら、真っ暗にしておくやつがあるか」

やんわりとした口調で佳人を責める遥の顔が、すぐ間近に迫っている。

「遥さん」

なんて綺麗な男だろう、と佳人はまだ少し夢と現実の間をたゆたっている心地で、愛しい人の名を呼んだ。

「佳人」

遥も佳人をしっとりとした声で呼ぶ。

佳人は布団の中から両腕を出し、寝間着《ねまき》を着た遥の背中と首に巻きつかせ、抱き寄せた。

上体の重みが佳人の胸板にずっしりとのし掛かってくる。

「おれ、どのくらい待ちました？」

「十分くらいだろう。階段を上がっていく気配がしてから、そのくらいだ」

「……わかってたんですか」

「ああ」

遥は震えがきてしまうほど官能的な声で、溜息を洩らすように肯定する。

「おまえに関してだけは、特別敏感だ」

温かく湿った吐息が耳朶《じだ》にかかる。

耳のすぐ下に唇を押しつけられ、啄《ついば》まれた。

「あ……っ」

顎に沿って柔らかな唇が滑っていき、薄く開いていた口を塞がれる。

唇が触れ合った瞬間、ジィンとする痺れが走り、あえかな声が出る。

キスをしながら、佳人は腕をずらして遥の頭を包むように抱き、洗ったばかりの髪を指に絡めて弄《もてあそ》ぶ。

うっすら湿った粘膜を繰り返し接合させ、捲れた唇を押しつけ合っていると、次第にどちらのものかわからない唾液で唇が濡れてきた。

もっと深く吸ってほしくて、舌を伸ばして遥の唇をつつく。

それに応えて遥の舌が佳人の唇の隙間から滑り込んできた。

弾力のある舌が佳人の口の中を荒々しく掻き交ぜ、まさぐる。尖らせた舌先で口蓋《こうがい》を擽られ、舌を搦《から》め捕《と》って吸い上げられると、湧き起こる快感に佳人は頭を反らして鼻で息をした。

遥が主導権を握るキスは濃密で容赦がなく、佳人を官能に溺《おぼ》れさせ、酩酊《めいてい》させる。

舌の根が痺れそうなほど繰り返し吸われ、送り込まれてきた唾液を飲まされて淫靡《いんび》な快感に頭がぼうっとなった佳人を、遥がようやく離す。

シーツに横になったまま、肩を上下させて乱れた息をつく佳人の傍らで、遥は寝間着を脱いで裸になった。

濡れっぱなしの唇をわななかせている佳人の顔を覗き込み、親指の腹で拭《ぬぐ》い去る。ついでに紅潮した頬を手の甲で撫でてくれた。

「大丈夫か」

下腹に響くようなイイ声で聞かれ、佳人は返事の代わりに唇を噛んで頷いた。そうしないと変な声を洩らしてしまいそうだった。ところが、そんな努力の甲斐もなく、伸縮性のあるボクサーブリーフの布地を、はしたなく昂った陰茎がググッと押し上げだす。

佳人は思わず「あっ」と声を立て、腰を捻って股間の明らかな突っ張りを隠そうとした。

「まだ何もしていないのに、勃たせたのか」

すかさず遥に腰を摑んで元の体勢に戻される。

「……っ！」

「窮屈《きゅうくつ》そうだから脱げ」

「アッ、ちょっと……！」

ボクサーブリーフを手で押さえて抵抗したが、難《なん》なくずり下ろされて、勢いよく飛び出した陰茎を摑み取って握り込まれると、それ以上体に力が入らなくなった。

あやすようにやんわりと揉みしだかれ、艶めいた声が出る。

「あっ……ンッ、ン……だめ。あ……っ」

竿全体を上下に扱《しご》いて薄皮を擦り立てつつ、親指の腹で亀頭の括《くび》れを撫でられると、堪《こら》え性のない性器の先端が濡れてきた。

早いな、と遥に揶揄される。

佳人は恥ずかしさに顔を背け、火照《ほて》った頬を枕に沈めた。せめて声は出すまいと指を曲げた手の甲で口を押さえたが、遥の愛撫は巧みで、たいして役には立っていなかった。

ビクン、ビクンッと腰を揺すって悶《もだ》えているうちに、膝のあたりまで下げられていたボクサーブリーフを脚から抜いて剝ぎ取られていた。

体をずらして佳人の脚の間に身を置いた遥が、股間に顔を埋め、先走りを漏らしている陰茎を口に含む。

熱い口腔《こうこう》に咥《くわ》えられ、頰の粘膜で包み、細い管に溜まった精を飲むように吸引される。

「アアァッ」

腰をガッチリ摑んで押さえられていても、たまらず体が跳ねた。

「あっ、あ……！　だ、だめ。あっ！」

背中が弓なりになってシーツから離れ、顎を天井に向けて突き上げるように首を反らす。

遥の頭を引き剝がそうと両手を掛けたが、舌で抉《えぐ》るように隘路《あいろ》を嬲《なぶ》られ、はち切れそうに張り詰めた陰嚢《いんのう》を持ち上げるようにして揉まれて、髪を摑んで耐えるのが精一杯だった。

尖らせた舌先を先端の小穴に捻り込み、吸い取れなかった甘露《かんろ》を掻き出すように動かされ、あられもない声が出る。

「はああっ、あぁ、あ」

佳人が悶えて喘ぎ、乱れた嬌声《きょうせい》を上げると、遥の指の動きはますます淫らさを増した。

太腿をさらに大胆に開かせ、双丘の間に息づく窄まりを探り当てる。

慎ましく閉じた襞《ひだ》を、先走りで濡れた指でまさぐられ、佳人は「ひっ」と息を吞む。

軽く弄《いじ》られただけで佳人のそこは期待に疼《うず》き、誘うようにヒクつく。

遥の長い指が襞を掻き分け、差し入れられてきた。

狭い筒を押し開きつつ潜り込ませてくる。

「はっ、あ……あぁあっ」

ゆっくりと奥まで埋められ、浮ついた声が出る。

何度されても最初はきつく、荒くなった呼吸に合わせて、異物を銜え込んだ秘孔が猥《みだ》りがわしく収縮し、遥の指を締めつける。

付け根まで入れた指の先が奥に届き、中で壁を優しく掻くように動かされると、快感の源から悦楽の泉が湧くような気持ちよさを味わわされ、身を捩《よじ》って手足をばたつかせた。

「あぁあ、それ、だめっ」

「どうだめなんだ」

遥は佳人を揶揄し、二本に増やした指を抜き差しする。

秘部に潤滑剤をたっぷり垂らされたので、動きはスムーズだ。少々荒々しくされても、グチュリと卑猥《ひわい》な水音が立つだけで、粘膜を傷つけることはない。

後孔を指で解して寛げながら、空いている手で汗ばんできた体を撫で回す。

太腿、脇腹、臍《へそ》と彷徨《さまよ》いながら上がっていった指が、胸の突起に的を絞る。

そこはまだ今夜一度も触られていなかったが、キスで酔わされていたときから硬くなりかけていて、今や豆粒のようにカチカチに膨らみ、赤みを増した乳暈《にゅううん》から突き出していた。

摘み上げられ、指の腹で磨《す》り潰すように擦られて、佳人は仰け反りながら嬌声を放った。

胸を苛《いじ》められると力《りき》んで後孔をギュッと窄めてしまう。

後ろの指を食い絞めると、敏感な性感帯を体の中からまさぐられるような刺激が生じ、今にも射精しそうになる。

イクッと咄嗟《とっさ》に思ったが、あと僅かで坂を登り切れずに失速し、感極まった声を出して腰を蠢《うごめ》かしただけになった。

達《い》けそうで達けないのもつらい。

一度ならまだ耐えられるが、二度、三度と追い詰められてはぐらかされるとたまらない。

物欲しげに尖った乳首を甘噛みしてしゃぶられながら、三本揃えた指で突かれ、抽挿《ちゅうそう》されても達くことはできず、もどかしさに啜《すす》り泣く。

「……指じゃ、足りない」

「欲張りだな」

「遥さんのこれ、挿《い》れさせてください」

佳人は羞恥を捨てて哀願し、遥の股間に手を伸ばす。

完全に勃起した遥の陰茎は見事な形をしている。これが自分の体に入るのかと怯《ひる》みそうになるくらい太く、硬く、熱い。握り込んだ手の中で荒々しく脈打ち、ぬるついた先走りを滲ませる。すぐにでも貫いてほしいと思って求めたが、手にした途端、舐めて可愛がりたい欲が出た。

起き上がり、遥を逆にシーツに横にならせ、膝の上に跨がる。

屹立の付け根を手で支え、先走りで濡れた亀頭を口に含む。

温かく湿った口腔に迎えられた陰茎は、佳人の舌の上で悶えるように震えた。

遥がふっと気持ちよさそうな息を洩らす。

佳人は先端の膨らんだ部分や、その下の括れ、裏側にある敏感な筋を丁寧に愛撫した。舌を閃《ひらめ》かせて舐め擽り、頬を窄めて吸引する。

遥はめったに声は出さないが、感じているときは恥骨のあたりや内股がビクビクと痙攣《けいれん》する。息遣いも速くなって、ときどき喘ぐように口を開く。さらに感じてくると腹部を膨らませたり引っ込めたりするようになり、佳人の髪を梳《す》き上げたり、頭皮を指の腹で愛撫したりしだす。

「もう……、いい」

先走りの味が濃くなったと感じていたら、遥が心持ち切羽《せっぱ》詰まった感じのする声で佳人の耳朶を軽く引っ張ってきた。

顔を上げた佳人を、起き上がった遥が肩を摑んでシーツに押し倒し、俯《うつぶ》せにさせる。

枕を除けてシーツに頰を擦りつける形で腰を掲げさせられ、背後からのし掛かられる。

ベッドに膝を突いて這わされる体位は、遥の顔が見えないのが残念だ。だが、受け入れるのは比較的楽で、その分、深いところまで届く。

膝立ちになった遥が、佳人の尻に手を掛けてくる。

片手で間を開かれ、剝き出しになった窄みにチューブから搾《しぼ》り出したゼリー状の潤滑剤を塗り込められる。潤滑剤は体温で溶け、緻密に寄った襞の一本一本をヌルヌルに湿らせた。

指で筒の中にもぬめりを塗りつけられ、ぬぷぬぷと微かな音を立てて浅い部分で抜き差しされる。人差し指の関節二つ分くらいで、ちょうどそのあたりで指を曲げると、佳人の弱みに触れる。佳人の体を知り尽くした遥は難なくそこを探り当て、指の腹でグッと押してきた。

「ヒッ……！」

剝き出しの神経に直《じか》に触れられたような苛烈な刺激が走り、腰が大きく揺れる。

「そこ、やめて、遥さん。感じすぎて、変になる……」

シーツにしがみつき、喘ぎながら途切れ途切れに哀願すると、遥は指を少し引き、色香に満ちた声で「中がうねっているぞ」と佳人の羞恥を煽《あお》る。

体が熱くてたまらなかった。

後孔の奥深いところが間断《かんだん》なく疼き、脈は乱れ、心臓が痛いほど胸板を叩く。

凝って突き出た乳首はシーツに擦れるたびに淫靡な感覚を与え、声を立てずにはいられない。

「あ、んっ！」

筒の中を蹂躙《じゅうりん》していた指を抜かれ、艶めかしく喘いでしまう。内側の粘膜が引き留めようとするかのごとく指に纏わりつくのが自分でわかり、己の貪婪《どんらん》さに赤面した。

濡れそぼった秘部に、硬く張り詰めた陰茎が押しつけられてくる。

手で持って位置を合わせ、切っ先を窄まりの中心に浅く導き入れる。そのままグッと腰を突き出し、撓《しな》る肉棒を楔《くさび》を打ち込むようにズズズッと進めてきた。

「アアッ……！　あ、う……、擦れる」

熱を孕んだ昂りが狭い器官を押し広げ、深々と入り込んでくる。

潤滑剤を充分に施されたため、太く硬いものをギチギチに穿《うが》たれても痛みは感じず、粘膜を擦られる惑乱しそうな感覚があるだけだ。ジンと痺れるような快感が波紋のように幾度も湧き起こり、全身に淫らな悦楽を拡散する。

「うっ、あ、あぁあっ、だめ。ああ、っ、だめ……っ」

声を出さずにはいられず、ビクンッ、ビクン、と身を震わせながら悶えた。

勢いを付けて一気に突き上げられたときのような衝撃はなかったが、じっくりと熱と形を体に教え込まれるような感覚がたまらない。

おまえは俺のものだ、と遥に確かめさせられている心地がする。

遥に独占され、我が物顔で扱われるのは嫌ではなかった。佳人は遥にぞっこんだ。自分が遥に所有欲を抱かせているのだと思うと歓喜を覚える。

下腹の縮れ毛が佳人の尻に当たり、遥の動きが止まった。

「ふ……っ」

付け根まで佳人の中に収めて、遥は満ち足りた吐息を洩らす。

「遥さん」

全部入った。今、遥が佳人の中に体の一部を埋めている。比喩ではなく本当に繋がり合っている。もう何度目かわからないほど頻繁にこうした行為をしているが、何回してもそのたびに違った感動がある。飽きるなどということは想像もできなかった。

後孔を締めると、中にいる遥を如実《にょじつ》に感じる。

すごく硬くて、熱くて、苦しいくらいに大きい。ズシッとした重ささえわかる気がした。

「佳人」

遥が体を倒して佳人の背中に覆い被《かぶ》さってくる。

「くっ……うう……」

穿たれたものが微妙に角度を変え、深さも僅かに変わり、新たな刺激が生じる。

「きついか」

遥は佳人を覗き込むように顔を近づけ、乱れかかる髪を払って頬に唇を寄せて啄み、欲情した声で聞いてくる。

ゾクゾクするほど色っぽくて、湿った息をかけられただけで体が疼き、「あ……」と艶めかしく喘いでしまう。優しい唇の感触にもうっとりする。

「……う、ごいて、遥さん。一緒に……気持ちよくなりましょう」

「なら、少し緩めろ」

遥に言われて佳人はじわっと赤面した。

己の貪婪さを思い知らされたようで恥ずかしい。

佳人が体から力を抜くと、遥はそれでいいと言うように佳人の唇に横からキスを一つくれ、動きやすいように身を起こす。

膝を立てて掲げた尻を押さえ、最奥《さいおう》まで貫かせた雄蕊《ゆうずい》をゆっくりと抜いていく。

「あぁ……っ、あ……」

粘膜を捲り上げられているかのような感覚と、筒を擦られて生じる淫靡な刺激に浮ついた声が出る。

括れまで引きずり出されたものを、今度はやや動きを速くして入れ戻される。

「はうっ。うっ」

ズン、と重みをつけて埋め直した陰茎をしばらく佳人の中に収め、腰を揺すって小刻みに動かす。遥の動きは緩やかで、ちょっと引いては角度を変えて突く責めを繰り返す。

荒々しく抜き差しされて、性急に追い上げられるやり方も好きだが、こんなふうにじっくりと快感を積み重ねて昂奮《こうふん》を高められるのもいい。ジェットコースターのように息もつかせぬ勢いで高みに連れていかれ、突き落とされるセックスとは一味違う愉しさで、終わりがなかなか見えずにドキドキする。

ズッ、ズッ、と筒の内側を擦られ、脳髄が痺れそうな快感に襲われる。

抜き差しされるにつれ、後孔から温んだ潤滑剤が僅かに零《こぼ》れてきて、内股をつうっと滴《したた》り落ちる。肌が濡れる感触が淫靡で、とても恥ずかしいことをしている気分になる。

一差し一差しに、遥の深い愛情と、俺のものだという所有欲が込められているのがひしひしと伝わってきて、いつも以上に性感が高まってきた。

突き上げられるたびに肌と肌を打ちつけ合う音が寝室に響く。

濡れた粘膜を擦り合わせる水っぽい音も混じって、さらに淫猥《いんわい》さが増す。

「あっ、あ、あっ」

緩やかに、だが、確実に性感を煽られ、次第に快感を追うこと以外考えられなくなってきた。

徐々に遥が抽挿のスピードを上げていく。

淫猥な水音が耳朶を打つ。

「あ、あぁっ。あ……、気持ちいい」

奥から官能を揺さぶる痺れが湧いてきて、佳人はビクビクと全身を痙攣させた。

そこをさらに遥に追い上げられる。

次から次に押し寄せてくる悦楽に翻弄《ほんろう》され、極める瞬間、激しい嬌声が口を衝いて出た。

遥が佳人の中でドクンと脈打つ。

追いかけるように佳人も達っていた。

頭の中がまっ白になって、意識が薄れかける。

シーツに突いていた膝が崩れ、遥と重なり合ったままベッドに倒れ込む。

遥のずっしりとした重みを全身で受けとめ、熱の上がった肌に触れ、弾んだ息を首のあたりに感じる。押し潰される苦しさよりも、愛しさや満たされた心地のほうが強く、しばらくこのまま重なっていたいと思った。

すぐに遥は「すまん」と乱れた息をつきながら謝り、佳人の上から体をずらし、すぐ横に仰向けになった。

佳人は俯せのまま、遥のほうに顔を向け、腹の上に置かれている遥の手を握る。

遥も佳人のほうに顔を倒し、佳人が握った手を自分からも握り返してきた。

目と目を合わせ、そのまま見つめ合う。

自分たちは今のままでも充分すぎるほど幸せだ、と佳人はあらためて噛み締めた。おそらく、何事も起きなければ、このまま死ぬまで二人で過ごすに違いない。今の穏やかでなんら不足のない生活を佳人は気に入っている。ありがたく感じている。遥との関係は理想的すぎて、いつか運命にしっぺ返しされるのではないかとよけいな心配を抱くほど完璧だ。

そこに冬彦が入ることで、どんな化学反応が起きるのか。

まったく不安がないと言えば嘘になるが、佳人にはなぜか、悪いほうには転ばないだろうという根拠のない予感があった。

「おれたち、冬彦くんの親になれますかね？　……なっても、いいですよね？」

ひたと見つめた遥の目が瞬きもせずに佳人を見返す。

「俺は、家族というのは血の繋がりだけで成るものではないと知っている」

遥の言葉には深みがあった。思っている、ではなく、あえて「知っている」という言葉を使ったに違いない。自分自身が置かれていた環境や立場が遥にそう言わせるのだと思うと、佳人は遥を抱きしめたくてたまらなくなった。

「遥さん」

握り合った手を離して身を起こした佳人の腕を、遥が寝そべったまま掴み、自分の体の上に引き倒す。

そのまま遥に抱き寄せられて、ああまた先を越されたなと佳人は苦笑した。どうしてこうも遥は佳人がしたがっていることがわかるのだろう。本当は佳人のほうが遥を包み込んであげたかったのだが、遥が佳人を自分の腕に抱きたいのなら、もちろんそれでもいい。

「裁判所が認めて役所が届出を受理すれば、実際の生活はきっとうまくいくだろう。……まぁ、俺には懸念《けねん》が一つあると言えばあるが」

「懸念、ですか」

言葉の持つ不穏な響きが気になって、佳人は聞き流せずになんのことかと訝しんだ。

遥の落ち着き払った口調や穏やかな表情から、佳人が気を揉む必要のある事柄ではなさそうだと察しはつくが、遥にしては珍しく思わせぶりで引っ掛かる。

「べつにたいしたことじゃない」

遥は切って捨てるように言い、フッと挑《いど》むような顔をする。

目が真剣で、間近で見た佳人は心臓をトクンと跳ねさせた。好戦的な表情を浮かべた遥は、なまじ綺麗な顔をしているだけに凄みが増して見え、鳥肌が立つほど魅力的だ。

「俺がしっかりしていれば問題ないことだ」

遥はさらに言葉を継いで、いきなり佳人の口を塞いできた。

不意打ちを食らって佳人は目を瞠り、小さく悲鳴を上げた。

急襲されたが、キスそのものはひたすら甘かった。角度を変えて何度も唇を吸われ、とうとう焦《じ》れったくなって佳人から開いて誘い、舌を絡ませ合った。

「あいつが来ても、俺は遠慮しない。そのつもりでいろ」

熱の籠もったキスの合間に遥が言う。

色気がすごすぎて佳人は眩暈《めまい》がしそうだった。

「……声、出さないように我慢します」

佳人は遥の言葉の意味を、そういうことだと受けとめ、羞じらいながら返した。たぶん、冬彦が来たからと言って、夜の生活をまったくなしにはできないに決まっている。実際に見せたり声を聞かせたりするわけにはいかないが、冬彦もすでに知識としては、遥と佳人がこうした行為をする関係だと知っているだろう。

「できるのか、おまえに」

「う。それは……遥さん次第です……」

難しいかもと正直思いつつ、自信なさげに答える。

「ある程度可能性が見えてきたら、いろいろと準備しないといけないですね」

まずは、部屋の割り振りの見直しだ。この家に冬彦を迎えて三人で暮らすなら、冬彦のための部屋が必要になる。それに伴《ともな》い、二人の寝室の位置も変えたほうがいいかもしれない。

「あっ。あの子、来年度は受験生じゃないですか。高校受験」

家具はベッドの他に勉強机も買わないといけないのでは、と考えていて、受験のことに気がついた。自分が学生だったのは一昔前なので、すっかり失念していた。

「まぁ、それもなんとかなるだろう」

受験を避けては通れない年齢の子供を引き取るのだから、遥はそれも含めて腹を括っているようだ。遥がどっしり構えていれば心強い。

「大変なこともたくさんあるでしょうけど、楽しみですね」

気を取り直して佳人は言った。

「ああ」

遥の舌が再び佳人の口腔に滑り込んでくる。

唾液を混ぜて飲ませ合う濃密なキスを続けながら、佳人は遥と隙間もないくらいぴったり抱き合った。

3

その後例の件はどうなりましたか、と貴史《たかふみ》から連絡をもらったのは十一月も終わりかけの金曜日だった。佳人《よしと》が阿佐ヶ谷《あさがや》の貴史の事務所を訪れてから、ちょうど一週間後のことだ。

電話をもらったとき佳人は自宅で仕事をしていた。

貴史に、思ったより早く今月中に片づけなくてはいけない仕事に目処《めど》がついたので、よかったら今夜食事でも、と誘われ、佳人は喜んで行きますと返事をした。

進捗《しんちょく》を知らせるだけなら電話でも事足りたが、貴史のほうも佳人に話したいことがありそうだったので、会って聞きたかった。何か考えていることがあるのでは、と少し前から感じていたし、本人も否定しなかったので、おそらくそれについて話す気になったのではないかと思った。

午後六時半に、以前行って美味《おい》しかった沖縄料理の店で落ち合うことにした。駅に隣接する商業ビルのレストランフロアにある店だ。

エレベータで上がろうとして待っていると、後ろからポンと肩を叩かれた。振り返ると、スーツの上にトレンチコートを羽織った貴史が立っていた。

「わっ、貴史さん！　こんなところで一緒になるとは」

「後ろ姿を見て、あ、佳人さんだ、とすぐわかりましたよ。新しいコートですか、これ。似合ってますよ」

「ありがとうございます。や、でも、貴史さんに服のこと言われたの初めてのような。なんかちょっと照れくさいです」

「あ、すみません、つい。千羽《ちば》さんが、先日佳人さんがうちに見えられたとき、佳人さんのファッションを、『綺麗《きれい》めカジュアル』だと言っていたのが頭に残っていて」

「へぇ、そうなんですか。……嫌味ではなく？」

「違うと思いますよ」

貴史はおかしそうに笑って否定する。

「彼、面と向かうとツンケンしますけど、佳人さんに興味津々《しんしん》のようですよ。今日も僕が佳人さんと電話で待ち合わせするのが耳に入ったようで、いつも以上にテキパキと仕事を片づけてくれました。そもそも、今月いっぱいは身動き取れないかなと思っていたのに、月末までに粗方《あらかた》目処をつけられたのも彼のおかげなんです。たまに、有能すぎて困惑します」

「困惑って？」

佳人は首を傾げた。

「うちなんかにはもったいない人材なんじゃないかな、と」

エレベータが来たので、話の続きは店に入って席に腰を据えてからになった。

海ブドウ、ジーマミー豆腐、ラフテーなどの代表的な郷土料理を数品オーダーし、沖縄のビールで乾杯する。

仕切り直してからまず話題に上ったのは、やはり養子縁組に関することだった。

「貴史さんから兼森《かねもり》さんを紹介された翌日、さっそくお電話してアポイントを取り、その日のうちに新宿《しんじゅく》のお勤め先の事務所を遥《はるか》さんと訪ねてご相談しました。お聞きしていたとおり、ハキハキとした大変感じのいい方で、安心して手続きその他お任せできそうです」

「そうですか。それはよかったです。冬彦《ふゆひこ》くんの法定代理人については何か仰っていましたか」

「来月から入所することが決まっている児童養護施設の施設長さんを、家裁は未成年後見人に指名するだろうと仰っていました。なので、法定代理人はその方になるのではないかと。冬彦くんが十五歳になるまで待てば代理人は必要ないそうなんですが、冬彦くん、十月に十四歳になったばかりなんですよね」

「ちょっと先すぎますね」

「おれも遥さんも焦《あせ》ってはいないんですが、できればもう少し早く話を進めたいかなと」

「遥さんと冬彦くんの相性は、どんな感じだったんですか」

貴史は特に心配した様子もなく聞いてくる。遥は無愛想だが、情はとても濃い。貴史も承知しているので、冬彦とも馴染《なじ》めばうまくやっていけるのではと言ってくれている。ただし、初対面のとき気難しい印象を与えがちなのは否めない。貴史もそこをちらりと慮《おもんぱか》ったようだ。

「悪くなかったと思いますよ」

佳人は控えめに答えた。本音は声を弾ませて「うまくいきそうでした！」と言いたいのだが、遥のことになるとつい感情移入しすぎると思われるのが恥ずかしく、冷静を装った。

「遥さんは結構対等な感じで接していました。おれはつい、可愛い可愛いが先に立って、冬彦くんを子供扱い……弟扱いかな、しがちなんですが、遥さんは若干《じゃっかん》突き放した物言いをするんですよね。だけど、すごく情は感じさせる。冬彦くんも汲《く》み取っていたと思います」

「僕にもその様子、見てきたみたいに想像できますよ」

貴史は目を細めた。

「いいですね。いつもどおりの姿を見せるって大事ですよ。取り繕《つくろ》ってもなんとなくわかるものですから。十代の子供は特にそのへん敏感に嗅《か》ぎ取りますし、かえって不信感を抱くかもしれません。もっとも、遥さんは誰の前でも無理して愛想よく振る舞おうとはしないでしょうけど」

「取引先にも礼は尽くしても媚《こ》びはしない人で、若造めがとか罵《のの》られても頑《がん》として譲《ゆず》らなかったり、居丈高《いたけだか》に来られても態度を変えなかったり、秘書時代に脇で見ていてハラハラしたことがありました」

話の流れからふと思い出して、佳人は懐かしさを込み上げさせた。

貴史ににこやかな眼差《まなざ》しを送られていることに気づき、頬を染めて狼狽《うろた》える。

「すみません……、話が横に逸《そ》れましたね」

コホンと軽く咳払いする。

「冬彦くんがおれと遥さんを受け入れてくれそうな感触は得ました。おれたちが冬彦くんを養子にしたいと考えていることはまだ言っていませんけど。家裁の許可が下りてからのほうがいいのかな。それとも、やっぱり申請する前に話すべきなのかな。言うタイミングも兼森さんにご相談してみようと思っています。さすがに冬彦くんもこれは予想外の展開だろうから、びっくりするでしょうね。……反応が、ちょっと心配です。一日一緒に過ごすのと、家族として一つ屋根の下に住むのとは、全然違うことなので」

「そうですね。話すときは緊張しそうですね。家裁の許可さえ下りれば、そこから先は役所に書類を揃《そろ》えて届け出るだけですから、見通しが立ったと考えていいでしょう。手続き自体は代諾者《だいだくしゃ》が行いますが、審査の段階で本人に意思確認を行うこともあるかもしれません。そのあたりについては兼森さんが長年の経験からだいたいわかるでしょうから、相談されたらいいですよ。ちなみに、養親は遥さんですか」

「はい。やはり、年収は重要みたいなので、遥さんに養親になってもらうのがいいだろうと。遥さんも最初から自分がなるつもりだったみたいです。兼森さんは、遥さんと冬彦くんの養子縁組自体は問題ないだろうとおっしゃっていました。問題は、おれの存在を家裁がどう判断するか、みたいですね」

それは佳人たちも重々承知していることなので、佳人は屈託なく言った。

「一昔前なら確かに難しかったかもしれないです」

貴史は言葉を濁さずにいったんそう受けておいてから、表情を和《やわ》らげた。

「でも、今は同性カップルに対する見方もだいぶ変わってきていますからそれも問題ないと思いますよ」

「はい。兼森さんもそうおっしゃっていました」

兼森が、私は大丈夫だと思います、と言ってくれたときの救われた気分を思い返すと同時に、今また貴史にも問題ないと言ってもらえて、佳人はさらに安堵《あんど》を強くした。

「この際、佳人さんも遥さんの戸籍に入ってしまえばいい気もしますよ」

貴史はまんざら冗談でもなさそうな顔でそんなことを言い出す。

佳人は「えーっ」と、今まで一度も考えてもみなかったかのような声を上げた。

それは単なる照れ隠しで、実のところ、以前遥にもさらっと、そろそろ籍を入れるか、的なことを言われたことがあった。遥も冗談でそういう発言をするタイプではないので、たぶんに本気で口にしたのだろう。佳人は狼狽えてしまって、やはり返事をはぐらかした気がする。なんと答えたのか自分でもよく覚えていない。遥がそんなことを考えているとは想像もしておらず、とにかくびっくりしたのだ。もちろん嬉しかったのは間違いない。

「でも、もう少し待てば日本でも同性間の婚姻が認められる時代が来るかもしれませんから、やっぱり早まらないほうがいいかもですね。すみません、惑わせるようなことを思いつきでぽろっと口にしたりして」

いえいえ、と佳人は首を振り、照れ隠しにラフテーに箸《はし》をつける。

こういう話は貴史以外とはできないので、実のところ佳人はとても助かっている。貴史は佳人にとって頼れる相談相手であり、理解者でもある貴重な友人だ。佳人も貴史にそう思ってもらえているならなお嬉しい。

佳人のほうの話が一段落したら、次は貴史からこの間の続きを話してくれそうな雰囲気ではあったのだが、貴史は何をどう話そうかと迷いでもしているかのように、しばらく無言でビールを飲んでいた。

あえて佳人も黙ったままでいると、やがて貴史は、フッと躊躇《ためら》いを払いのけるかのごとく息をつき、口を開いた。

「先日、久しぶりに白石《しらいし》先生の事務所にお邪魔したとき、ああ、ここはものすごく活気があるな、相変わらず皆忙しそうにしているな、と感じて……羨《うらや》ましいような、自分一人置いていかれたような心地がしたんですよね。僕が辞めたあとも弁護士の補充はされなかったそうで、今は、先生と、兼森さんの代わりに僕がいた頃からいらした四十代の弁護士さんの二人で回されているんです。アシスタントさんや事務職の方は五、六人いらっしゃるんですけど」

話し始めると貴史は迷いが吹っ切れたのか、口がまわるようになったようだ。

「この前、佳人さんに指摘されたとおりです」

貴史は先日佳人が聞いたときとは打って変わった、歯切れのいい、何か一つ突き抜けたような清々しさを感じさせつつ言った。

「個人事務所を構えて民事中心の仕事をこなすのが本当に自分のやりたいことなのか、迷いが出始めました。最近急にというわけではなくて、ずっと少しずつ、これじゃない感みたいなものが蓄積していたんだと思います。自分の事務所を持てたのは嬉しいし、ありがたくもあり、せっかくここまで軌道に乗せてやっていけるようになったんだから、これを捨ててまた一からよその事務所に勤めるのも勇気がいるので、具体的にどうしたいとまでは考えていなかったんですが」

そこで貴史は佳人の顔をひたと見据えてきた。

「気持ちが強まったのは、実を言うと、真宮《まみや》さんの事件に佳人さんが巻き込まれて、普段はまず関わる機会のない事案でチラッと動いたのがきっかけかもしれません」

「ああ……やっぱり。なんとなく、そんな気がしていました」

「ええ。僕も、佳人さんは薄々僕の気持ちの変化に気づいているなと思っていました」

今の仕事にもやり甲斐《がい》や必要性は感じている、と貴史は以前言っていた。その気持ちは変わっていないのだろうが、貴史の性格や適性を知っている佳人からすれば、いずれ物足りないと感じるときが来るかもしれないと、うっすら予感していた。

「僕は、やっぱり、刑事事件に関わりたいんだなと、ようやく自分のやりたいことを素直に認められたというか。自分の気持ちに正直になれたというか。それまでは、弁護士としての仕事にやりたいもやりたくないもない、事案をそんな目で見るのは不謹慎だ、と自分に言い聞かせて、考えないようにしていたのを、もうそんな綺麗事で片づけようとするのはやめようと心の端っこにいた自我の強い自分が主張してきたみたいな。そんな感じでした」

理解していただけますか、と眼差しで聞かれ、佳人は「わかります」と口に出して答えた。

「貴史さんは能力の高い方だから、もちろん今主《おも》に引き受けていらっしゃるような案件にも、それは十二分に発揮されていると思うんですけど、なんというか、もっと貴史さんの個性や才能を伸ばせる土俵が他にあるんじゃないかなぁとは感じていたんです」

「あ、でも、僕は刑事事件を直接担当した経験はないんですよ」

貴史は、何か誤解させるような言動をしたのならすみません、と恐縮した面持ちで断りを入れてくる。

「経験はなくても、適性はある気がしますよ。昔、遥さんが大変なことになったとき、動揺して真っ青になっていたおれを励ましてくれて、遥さんを助け出すのを手伝ってくれたじゃないですか。あのときの逞《たくま》しくて肝《きも》の据わった貴史さんが、おれの頭にこびりついているんですよね」

「あのときは、目の前の佳人さんをまず元気づけたくて、僕も必死でした。僕まであそこで自信なさげに振る舞ったら、佳人さん、僕なんかあてにしていられないと、なりふりかまわず無茶しそうな気がしました。それが僕は一番怖かった」

当時を思い出して、緊迫した状況の中、二人で必死に動き回ったときの、神経を削られるような心地がぶり返し、佳人は「ええ」と頷《うなず》きながら、きゅっと唇を一噛みした。

「恥ずかしながら、おそらくそうなった気がします。貴史さんが常に冷静で、行動力があって、めちゃくちゃ頼りになったから、おれは安心してついていけたんです。大袈裟に聞こえるかもしれませんが、あれ以来、貴史さんはおれの中で不動の隠れヒーローポジションです」

「は、はい？」

面食らったように貴史が目を瞠《みは》る。

「貴史さんって、第一印象はおとなしくて温厚そうで、机に齧《かじ》りついているのが天職みたいな、ものすごく真面目《まじめ》な学者さんっぽい感じなんですけど、実際はフィールドワーク得意だし、体力あるし、結構気が強かったりするしで、見た感じと違う面白さというか、興味深さがあるんですよ。爽《さわ》やかで理性的なところとか、情が厚そうなところとかはそのままなんですが」

「それ、そっくりそのまま佳人さんにお返ししますよ」

参ったな、と貴史はおかしそうに苦笑いして、さっそく佳人に一矢《いっし》報いる。

「佳人さんこそ、見かけは楚々《そそ》として従順そうなのに、中身は東原《ひがしはら》さんみたいな人にも躊躇《ちゅうちょ》なく楯突《たてつ》く豪傑じゃないですか。東原さんも佳人さんのそういう気質が小気味よくて、ついからかいたくなると言っていましたよ」

「おれも、自分がわりと気が強いほうかなという自覚はあります」

佳人は控えめに認め、貴史にまた笑われた。

「探偵事務所でアルバイトしていたくらいだから、貴史さんはきっと探究心が強いんじゃないですか」

「いや、それはどうなのかな。たまたまそういう珍しいアルバイトの口があって、時給とか悪くなかったし、人と違うことしてみたくてやっていただけですよ。おかげで、普通は習わないようなことをいろいろ教えてもらえて、楽しかったですけどね。今その知識が役立っているかどうかはさておき」

「貴史さんは手先が器用だし、意外と運動神経いいですよね」

「意外と、なんですか」

「あっ、すみません……！　おれ、どっちかっていうと鈍いほうなので、絶対探偵なんかできそうにないんですよね。物陰に隠れてジッと息を潜《ひそ》めるとか、塀を乗り越えるとか、苦手です」

「めったにしませんよ、そんなこと。聞き込みみたいなことはするかもですが」

佳人の発言が突拍子もなくて面白かったのか、貴史はこの話を始める前に漂わせていた、構えた雰囲気をだいぶ薄れさせていた。いつも二人で気軽に喋《しゃべ》っているときと変わらない感じになってきて、佳人も話を聞きやすくなった。貴史が緊張していると佳人にもそれが伝わり、つい肩に力が入ってしまう。それが抜けた。

「佳人さん」

貴史は背筋を伸ばして居ずまいを正すと、あらたまった様子で呼び掛けてきた。

「はい」

佳人も気を引き締め、大切な話を聞く姿勢を見せる。

「白石先生に、戻ってくる気はないかと聞かれました」

あっ、そういうことか、と佳人は貴史が気持ちを揺らしていたのも無理はないと納得する。これは悩み、迷うだろう。佳人が貴史の立場だったとしても、すぐには決められない。

「まだ返事はしていません。考えさせてくださいとお願いしています。先生からも、返事は急がないので、納得がいくまで考えなさいと言っていただいています」

「いい方ですね」

「そうなんですよ。だから、つい甘えてしまいます。僕はそういう自分が好きではないんですが、先生と僕ではそもそもスケールが違いすぎます。先生は東原さん相手でも臆《おく》さず、媚びもせず、堂々と渡り合われていますから」

「ヤクザの弁護も引き受けるけれど、馴《な》れ合いはしていない感じですよね」

「東原さんにとって、敵に回したくない人の一人でしょうね。確実に」

「でも、そうすると東原さん的には、貴史さんを白石先生に取られるようで、いい気はしないんですかね？」

「だからといって反対するほどあの人は狭量《きょうりょう》ではないと思いますが」

なにより東原はプライドが高いから、貴史に白石の許《もと》には行くなと言いはしないだろう。むろんいい気はしないだろうが、それよりも、貴史自身がやりたがっていることをやらせようとするに違いない。

「じゃあ、特に障害はなさそうじゃないですか」

「あとは僕の気持ち次第といったところです」

だからこそ貴史はなかなか結論を出せずにいるのだろう。

「……おれなら、前向きに考えるかな」

べつに貴史は佳人の意見など求めていないかもしれず、自分でもよけいなことを言っていると承知していたが、貴史に伝えずにはいられなかった。

「ようやく軌道に乗ってきたところから降りて、新しい場所でまた一からやり直すのは勇気がいるけれど、こういう機会ってそう何度も来るものではないと思うから、あのとき思い切って飛び込めばよかったと後悔するよりは、たとえ結果的に、がんばったけど思うようにはならなかったとしても、やるだけやって悔いを残さないほうが自分を納得させられるかなと」

「佳人さんならきっとそうするだろうなと思っていました。思ったとおりの答えが聞けて嬉しいです。佳人さんは、いつも一貫して、佳人さんだなぁと」

「すみません……おれはいつもこんなで。悩むよりも、とりあえず飛び込んでしまいがちな性格みたいです。高校のときからあまり変わってないですよね」

我ながら成長がないようで恥ずかしくなり、佳人は照れ笑いした。

「僕は好きですよ。佳人さんの自分に正直で意志の強いところ。全然計算高くなくて、いつも一生懸命で。つい手を差し伸べたくなるというか」

貴史に優しい眼差しを送られ、佳人は頬をじわっと上気させた。

「ありがとうございます」

「いえ、いえ。いつも感じていることをそのまま口にしただけですから」

お待たせしましたっ、と店員がニラをたっぷり使ったヒラヤーチーを運んでくる。沖縄風のお好み焼きだ。

熱々を取り分けて食べる。その間また少し会話が途切れた。

美味しいと言いながら一切れ食べた貴史は、どこか吹っ切れたような晴れやかな表情になっている気がした。

「もう少しいろいろ考えて、悩んでみようかなと思っています」

貴史らしい慎重さだと佳人は微笑ましく感じ、ええ、と賛成する。

「結論を急がなくていいと白石先生が仰っているのなら、納得のいく答えが見つかるまで考えたらいいですよ」

「万一事務所を畳むとすれば、千羽さんにも早めに知らせる必要がありますよね」

「千羽さんはどこでも生きていけそうだから、きっと大丈夫ですよ」

佳人はいささか無責任な発言をする。悪気は全然なかった。本気で大丈夫だと思っている。

「だって、五十とか六十とか資格持っているんでしょう。それに、四、五ヶ国語話せるくらい語学が堪能《たんのう》なんですよね？　引く手数多《あまた》じゃないですか。それこそ白石先生の事務所でも務まりますよ、きっと」

「白石先生の？」

貴史は最初虚《きょ》を衝《つ》かれた様子だったが、すぐに「ああ、確かに」と頷いた。

「白石先生のところ、事務職も少なくて常に人手が足りていないみたいなんです。千羽さん次第ですけど、先生に聞いてみるのはありですね」

「千羽さんって天《あま》の邪鬼《じゃく》っぽいから、こんな話したらあからさまに嫌な顔しそうですね。どうして私があなたと一緒に勤め先を移らなければいけないんですか、とか、言いそう」

「断られたら断られたでいいんですよ」

こういうところ貴史は結構ドライだ。千羽も貴史とはやりやすいのではないだろうか。

「なんのかんのと文句をつけつつ、断らないんじゃないですか」

さんざん嫌味を垂れ流しておきながらも、最後はさらっと、「いつからですか」と言いそうな千羽が佳人には想像できて、おかしかった。

「なんだか佳人さんと話していると、すでに自分の気持ちは八割方決まっているような気がしてきました」

「誰かと話すと、あやふやだった気持ちが整理されて具体的になりますよね。相手が理解できるように話そうとするからかな。そうしてまたいろいろ見えてきたりして」

「まさに、そんな感覚です」

佳人から貴史にアドバイスできることはほとんどないが、話を聞くことで貴史の考えが固まってきたのなら、少しは役に立ったと思っていいのだろう。

今夜は少し速いピッチで貴史がグラスを空ける。

「次は何を飲みますか。またビール？　それとも、泡盛《あわもり》飲んでみます？」

「そうですね……」

貴史は最初躊躇う素振りを見せたが、すぐに意を決したような顔になり、「泡盛をロックでいただきます」とはっきり返事をする。

「このあと十時頃から東原さんと会う約束をしているんです。いい機会だから、さっきの話、してみようと思います」

「そういうことなら、おれもほどほどに付き合いますよ」

店員を呼んで、飲みやすい銘柄《めいがら》を選んでもらい、ロックで二杯頼む。

東原との関係が安定してからの貴史は、東原にだいたいなんでも相談しているようだ。白石のことは他と違って微妙に気を遣《つか》っている気がしたが、それでも東原に黙って独断で進めるつもりはないのだとわかり、佳人は二人の関係が深まっているのをまざまざと感じた。

皆、それぞれに少しずつ変わっていく。

時が経《た》つというのは、そういうことだ。

「東原さんがなんて言うのか、興味津々です。今度教えてください」

佳人が好奇心を隠さず言うと、貴史はグラスに口をつけたまま、ええ、と目で頷いた。

＊

今日で十一月も終わる。最後の土曜日だ。

明日、冬彦はお世話になった牟田口《むたぐち》の家を出て、同じ区内の施設に移る。

最後だから夕食はレストランを予約しようか、と牟田口の両親に言ってもらったが、いつもどおりでいいです、と丁重に断った。牟田口とは明後日からも今まで同様学校で顔を合わせる。家に遊びに行くこともあるだろう。めったに会えなくなるほど遠くに行くわけではないので、特別な席はいらなかった。

施設で生活するにあたり、日用品や衣類、手元に置いておきたいものなどは粗方段ボール詰めして送ってあるが、まだいくつか祖父と住んでいた家に残したままになっているものがある。

牟田口の家から店舗兼住宅だった『伯仲《はくちゅう》』までは、歩いて五分ほどの距離だ。

事件が起きたのはちょうど二十日前。店は閉まったままで、中で繋がっている住居部分も警察の捜査が終わったあとは誰も足を踏み入れておらず、中に入るとすでに埃《ほこり》っぽかった。

掃除には決して手を抜かなかった祖父はもう本当にいないのだな、としんみりする。

この店舗兼住宅は祖父の所有物で、冬彦が相続することになるらしい。これ以外にも銀行にいくらかの預金があるそうだ。ただ、家はもう相当古くて、資産価値はほぼないものと思ったほうがいいとも言われた。ここに一人で住むのもだめだそうだ。十四歳には親権者や後見人が必要だということは冬彦にもわかる。施設に入ること自体はべつに嫌ではなかった。どこでもそれなりにやっていけるだろう。順応性はあるほうだ。児童相談所にはいろいろとお世話になっており、今と同じ学区の施設を見つけてもらって感謝している。

ここにはしばらく戻ってこられないかもしれないので、施設に持っていきたい本やアルバム、ゲーム機などをスポーツバッグに詰め、施錠して外に出た。

牟田口の家に帰る前に、コンビニエンスストアで肉まんでも買っていこうかと思い、そちらに歩を向ける。

「すみませんけど、ちょっとよろしいですか」

少し歩いたところで、前方から近づいてきた女性に声を掛けられた。

巻き髪が華やかな垢抜《あかぬ》けた印象の女性だ。喋り方はハキハキしている。ファー襟《えり》のコートを着てロングブーツを履き、肩には革のバッグを掛けている。そんなに若くはなさそうだが、牟田口のおばさんほどはいっていないだろう。身近にこういう感じの人がいないので、それ以上のことは冬彦にはわからなかった。

「なんでしょうか」

道でも聞かれるのかと思い、冬彦は立ち止まって気さくに応じた。

冬彦自身に用があるとは思わなかった。全然知らない、見かけたこともない女性だ。通夜に来た人でもない。中には、昔よく店に来ていたというような、冬彦の知らない人も何人かいたが、こんな派手な顔立ちの女性がいたら、いくら化粧と服装が違っても覚えていないはずがなかった。

「突然で驚かれるかもしれませんけど、真宮冬彦くん、ですよね？」

見ず知らずのはずの女性から名前を言われ、冬彦はにわかに全身を硬くする。

「……はい。そうですが」

違うと嘘をついても仕方がない。相手は冬彦を知った上で声を掛けたのだ。名前を確かめたのは単に儀礼的なものだと察せられた。

警戒心を露《あらわ》にした冬彦に、女性は鈴村《すずむら》と名乗った。

「実は、あなたと話したいとおっしゃっている方がおられまして」

そこまで言われたとき、冬彦はようやく、もしかして、と思い当たった。

鈴村の視線がチラリと後方に向けられる。

向き合っている冬彦には、鈴村の視線の先に路上駐車されている黒塗りの車が見て取れた。見るからに立派な高級車だ。運転席も助手席も空いているが、鈴村の様子からして、後部座席に誰か乗ったままらしいのは間違いなさそうだった。

「どなたですか」

十中八九、父親のほうの関係者か、もしくは父親本人だろうと推測していたが、冬彦は慎重に確かめた。先週冬彦の前に現れた結城直也《ゆうきなおや》の顔が脳裡《のうり》を過《よぎ》る。

「結城雅道《まさみち》とおっしゃる方です。申し遅れましたが、私、結城の秘書をしております」

案の定だった。最後の最後まで、父親自身が冬彦の前に姿を現すかどうかを疑い、ないだろうと半ば考えていたのだが、よほど冬彦の存在が気になりだしたらしい。他人任せにできないほど、今回の件で動揺しているのだろう。

「僕には……関係のない方だと思いますけど……」

すぐそこの車の中に、おそらく父親であろう人物が乗っている。今この瞬間も車窓越しに冬彦の姿を見ているかもしれない。そこまで考えられても、冬彦の気持ちは複雑だった。どんな人なのか会ってみたい気持ちはゼロではないが、会ったところで気持ちを乱されるだけではないかと恐れてもいる。自分は、母親のお腹の中にいたときから捨て去られていた子供だ。今になって名乗り出てこられても、情を持たれているとは思えない。何か他にのっぴきならない事情があってわざわざ来たのだろう。

「でしたら、結城に直接そう伝えてやってくれませんか」

鈴村は面倒くさそうに言う。子供は苦手、とメイクの濃い顔に書いてあるようだった。

そう言われても……と冬彦が困惑していると、後部座席のドアが開き、男性が地面に足を下ろすのが見えた。えっ、と冬彦は不意を衝かれた心地になった。心臓がドクンと大きく胸板を叩く。

降りてきたのは、上背のある、手足が長くてひょろっとした印象の人だった。四十代前半だろうか。どちらかというと若々しい顔立ちで、それ以上には見えなかった。緩くウエーブした髪にくっきりとした目、品よく閉ざされた薄めの唇。最初に浮かんだ言葉は、優男《やさおとこ》、だった。

なるほど、この人か。

冬彦は姿を見ただけで納得できるところがあり、その瞬間に興味の大半を失っていた。

母親がどこでどういうきっかけで冬彦の父親と知り合い、子供を宿すまでの関係になったかは想像するしかないが、もし、こんな男性がある日ふらりと『伯仲』に来たら、二十歳そこそこだった母親はきっとかまいたくなったに違いない。ものすごくかっこいいとかオーラがあるとかではないが、その辺で擦れ違ったら目を留める程度には目立つ。冬彦の学年にも似たタイプの男子がいて、やはり女子の人気は高いと聞いている。

「あ、事業部長」

振り返った鈴村が男性を見て狼狽えた。

「お待たせしてしまい、申し訳ありません。今、お連れしようと思っていたところでした」

「いや、きみはもういいよ。ありがとう」

結城本人と思《おぼ》しき男性は鈴村に穏やかに声を掛け、下がらせる。

「少し彼と話してくるから、車で待っていてくれるか」

「かしこまりました」

鈴村がその場を離れると、男性は冬彦と向き合い、おそるおそるといった感じで目を合わせ、すぐに逸らした。いかにも気まずそうで、冬彦をしっかりと見ることもできないようだ。落ち着かなそうに目をうろつかせる。

この人は、どうしてわざわざ僕に会いに来たんだろう。冬彦は不思議で仕方なかった。きちんと顔を見て話せもしないのなら、無理をして来る必要はなかったのではないか。冬彦もいい気分ではないし、はっきり言って迷惑だ。こうして姿を見ても、幻《まぼろし》が実在した程度の感動もない。むしろ、醜悪《しゅうあく》な現実を見せられたようで、がっかりしているくらいだ。いっそ知らないままでいたかった。

「真宮……冬彦くん、だね。いきなり悪かったね。私は結城雅道という者だ」

結城がぎくしゃくした態度で名乗る。

冬彦はにこりともせずに、硬い表情で黙りこくっていた。元々愛想笑いなどしないほうだ。

冬彦が何も反応しないので、結城はやりにくそうだった。困ったな、とばかりに眉根を寄せ、目尻に指で触れ、軽く皮膚を引っ張る。その意味のないしぐさは、間が保たないときの癖らしい。同じようなことを直也もしていたのを思い出す。

「怪しい者じゃない。できればきみに会いたいと思って、取るものも取りあえずここまで来てみたんだが、運よくきみが外に出てきてくれたので、声を掛けさせてもらった」

結城は周囲を気にするように視線を巡らせていたが、通りすがりの中年女性がこちらをチラチラ見ていることに気づくと、にわかに青ざめた。人目につくのは避けたいようだ。

「三十分ほど私に付き合ってもらえないかな。近くにカフェがあればそこで」

中年の夫婦がやっている喫茶店があることはあるが、小さな店で、だいたいいつも顔見知りの誰かがたむろしているので、そういう場所に冬彦は結城と行きたくなかった。もしかすると、十数年来『伯仲』に来てくれていた常連客と鉢合わせして、その客が結城に見覚えがある可能性がないとも限らない。

「道一本向こうに行くと、ちょっとした公園があるので、そこでよければ」

このままでは結城は引き下がりそうにない。ものは言いようだが、先ほどの結城の発言を聞くと待ち伏せされていた感がなきにしもあらずだ。この際、冬彦のほうから結城に言っておきたいこともあった。

結城は冬彦がようやく口を開いたと、ひとまずホッとしたようだ。扱いにくい子だと思われているのを肌で感じる。

「ああ、もちろん、いいとも。じゃあ、行こうか。こっちでいいんだね？」

こっち、と指差した方に歩を向ける結城に、冬彦は黒塗りの車をチラリと見遣《みや》って聞く。運転席に座った鈴村がこちらをじっと見ていた。

「あの人に一言断ってこなくていいんですか」

「えっ？　ああ……彼女なら大丈夫だ」

鈴村を冬彦が気にするとは思いもしなかったらしく、結城は一瞬面食らった顔をした。ならいいです、とあっさり返して、冬彦は足早に歩き出した。結城がもたもたしている間に追いつき、追い越して、公園まで先導する。

「今日は土曜ですけど、会社は休みじゃないんですか」

「休みだよ」

結城は冬彦の質問を深読みせずにさらっと答える。

休みなのに秘書が車を運転して上司の私事に付き合うのか……。冬彦は歩調を緩めることなくズンズン歩きながら、察したくもないことを察した気がして嫌な気持ちになった。無邪気な振りをして、どうして、と聞くことはできるだろうが、それでまた拙《つたな》い言い訳を繰り出されると、こっちが恥ずかしくて居たたまれなくなりそうだ。だから、この話はこれだけにして、あとは公園まで黙々と歩いた。

結城は冬彦に対して腫《は》れ物に触るような気持ちでいるようだ。言いたいことや聞きたいことがあるならはっきりすればいいのに、遠回しにじわじわと探りを入れてくる。そんなふうにされるのが好きではない冬彦は、むず痒く不快で、居心地が悪くてたまらない。早く切り上げたくて、つい突《つ》っ慳貪《けんどん》な返事の仕方をしてしまう。

「私が来たことに驚かないということは、きみは前から私のことを知っていた……のかな？」

「いいえ」

「いや、でも……」

「ついこの間までは具体的には何も知りませんでした」

「……息子と、やはり会ったんだね」

どうやら結城は、直也から何か匂わすようなことを言われたか、もしくは彼の態度がおかしいことに気づくかして、居ても立ってもいられず冬彦の許に来たらしい。

十四年間、冬彦が生まれてからおそらく一度も会いに来ず、存在すらなかったことにしていたのであろう子供に突然関わってきたのは、己の保身のため――そう察すると、虚《むな》しさと同時に怒りが湧いてくる。冬彦の顔色を窺《うかが》い、猫撫で声としか思えない優しげな口調で、冬彦を丸め込もうとするかのような結城の態度がとても卑屈《ひくつ》に思え、胸糞が悪くなる。どんなに立派なスーツを着ていても、全然スマートじゃない。見てくれがいいのが、かえって滑稽《こっけい》に思えてきた。

「直也はきみにどこまで話したのかな？」

「さぁ。息子さんに直接聞いたらどうですか」

すげなく言いながら、結城は直也とうまくコミュニケーションが取れていないのだな、と感じた。直也は両親が好きで、夫婦円満な家庭を壊されたくないと必死で冬彦に直談判《じかだんぱん》に来たようだったのに、結城が大事なのはたぶん自分だけなのだ。冬彦にはそうとしか思えなかった。

「もちろん、聞いたんだが……、全然とりつく島がないんだよ。きみみたいに聡明で落ち着いた子じゃなくてね。まぁ、きみも微妙な年頃だとは思うが、直也と比べると、実にしっかりしているね。感心するよ」

本人は無意識のようだが、結城の発言には冬彦の父親は自分なのだという自覚が見受けられず、よその子供と話をしている感覚でいるのがそこはかとなく察せられた。

「一つしか違わないので、僕もたいして変わらないですよ」

「年齢の話はしたようだね」

結城としては冬彦の言葉尻を捉えて囲み込んでいるつもりなのかもしれないが、冬彦にしてみれば結城との遣り取りは退屈で、猿芝居に付き合っている気しかしなかった。

早く帰りたい。だんだん冬彦の頭にはそれしかなくなりつつあった。

公園に入ると、冬彦は慣れた足取りで右手奥のベンチに真っ直ぐ歩いていった。常緑樹の木陰になる場所で、夏場は特等席になるベンチだ。今は冬なので、案の定誰も座っていない。緑とベンチがあるだけの小さな公園で、今日は散歩している人の姿も見当たらなかった。結城と話をするにはうってつけだ。

ベンチに並んで座る。二人の間にはよそよそしい距離が空いていた。

「あの。こんなことしてるの面倒くさいし、僕は早く帰りたいので率直に言いますけど」

腰を下ろすやいなや、冬彦は口火を切る。

顔は上げたまま真っ直ぐ前を見据え、隣で緊張気味に冬彦を窺っている結城の気配を感じても一瞥《いちべつ》もしなかった。

「きっとあなたは僕に釘を刺しにいらしたんですよね？　僕がある日突然あなた方のところに乗り込んで、何もかもぶちまけて権利の主張をするんじゃないかとか、不安なんでしょう。だったらそんな心配は無用です」

「い、いや、違うよ」

結城は慌てて否定する。

「私はね、きみに今まで何もしてあげられなくて、本当に申し訳なかったと思っているんだ」

結城の言葉は右から左に耳を抜けていくばかりで、相槌《あいづち》すら打つ気になれない。突っ込みどころが多すぎて、苦々しさと呆《あき》れる気持ちが膨《ふく》らむ一方だ。それでも、言いたいことを一通り言わせないと本人もすっきりしないだろうと推察し、我慢する。

「きみのお母さんとは店で知り合った。屈託のない、可愛い人だった。私は一目で好きになったが、すでに結婚していたので、お母さんとはずっと一緒にはいられなかったんだよ。実は、彼女がきみを授《さず》かったことも私は当時知らなかった」

「直也くんは、あなたが僕について調べた報告書のようなものを見て、僕の存在を知ったと言っていましたが」

「ああ、そのようだね。隠しておいたつもりだったが、私の書斎に勝手に入り込み、見つけてしまったようだ。それ以外にあの子がきみのことを知る術はないはずだから、そうじゃないかと思っていた」

結城の口調は忌々《いまいま》しげだ。もしかすると、冬彦と同様に直也にもあまり関心はないのかもしれない。ついそんな邪推《じゃすい》をしたくなるほど、結城から情を感じられず、この人はどういう人間なんだろうと怖さを覚えた。そっと視線を向けて盗み見た結城の横顔は、奇妙に穏やかで、まるで能面のようだと思った。

「いつだったか……当時の同僚が、きみのお祖父さんがやっていた店に行った話をしてくれてね。一度私と一緒に行ったことがある店だったから、そういう話が出たんだが。店を手伝っていた娘がいつのまにかお腹を大きくしていて驚いた、相手は誰なのか常連客はもとより店主も知らないらしい、と言うので、まさかと思って彼女に連絡したら、間違いなく私の子供だと認めたんだ。びっくりしたよ」

そのとき受けた衝撃を思い出しでもしたのか、結城は苦虫を噛み潰したような顔をする。冬彦が前を向いていて、自分の顔は見ていないと思い込んで油断したようだ。

「どうしてもっと早く話してくれなかったのか……」

打ち明ければ絶対に反対されて、堕《お》ろせと言われると思ったからだ。そんなことは考えるまでもなく、中学生の冬彦にでもわかる。少なくとも、冬彦を授かったときの母親は、結城の子供が欲しかったし、一人で育てられると思ったし、子供を愛せる自信があったのだろう。

「結局、その話をしたとき、きみのお母さんとは決別することになった。彼女がそれでいいと言ったんだ。むしろ、今後は自分たちにかまわないでくれ、と」

「ええ。本当にそのとおりですよ」

「……え？」

冬彦がいっそう冷たく言ってのけると、結城は腑《ふ》に落ちなそうな声を出す。

「僕もかまわないでほしかったです。なのに、あなたは何年も経って、僕が中学に上がってから調査を頼んだんですよね？　なぜですか」

「それは。……それは、やっぱり、自分と血の繋がった子供がどうしているか、知りたかったからだよ」

結城は一瞬詰まったが、言葉を選ぶようにしながら、それらしい返事を捻《ひね》り出す。

確かにそれも全然なくはなかっただろう。子供の成長を気にするのは心情的にわかる。だが、それ以上に結城は、だんだん大きくなってきた子供が父親を捜そうとするのではないか、自分を脅かす存在になるのではないかと不安でたまらなくなり、現状を把握しておきたかったのではないか。冬彦はそう深読みせずにはいられない。

「悪かったね。きみの気持ちも考えずに、一方的に父親ぶった感情に駆られてしまって」

「べつに、どうでもいいですけど」

冬彦はスルリと躱《かわ》し、父親らしい気持ちがあるかのように言う結城の言葉を無視した。

「そ、そうだよね……ああ、きみの言うとおりだ。今回はつい、直也がきみと会って話したみたいだったから、自分の口から直也にきみのことを教える前に、きみからよけいなことを吹き……あ、いや、聞いたのではないかとちょっと心配して、いきなり会いに来てしまったが、きみも迷惑そうだし、なにより、きみは私が想像していた以上に冷静で賢くて口が堅いようだから、まったく心配する必要はないとわかったよ」

結城はダラダラと思考をそのまま口に出すかのように喋り続ける。冬彦に話すというより、自分自身を納得させ、落ち着かせようとしているかのようだ。それでいて、口が堅くてなどと冬彦をさりげなく牽制するところに計算高さがチラつく。

「僕は明日から施設に行くんです」

冬彦は空を見上げ、すうっと息を吸い込んだ。

明日から師走《しわす》になる十一月最後の日の空は、寒々しくもすっきりしていた。薄水色の空に雲が浮いている。空気は澄んで、清々しい。

「母は十年前から音信不通ですし、父はいません。唯一の肉親だった祖父がいなくなったので、施設にお世話になることになったんです」

父はいないと冬彦がきっぱり言うと、結城はホッとしたような息を洩らした。取り繕う前に零れたようだ。

「もういいですか」

「あ、ああ。ごめんね、いいよ」

結城の返事を聞いて冬彦はすっくと立ち上がった。

「私はもう少しここにいるよ。話させてくれてありがとう。……一人で帰れるよね？」

「……」

冬彦は答えず、冷ややかな眼差しを結城にくれて、ベンチを離れた。

背中に視線を感じたが、振り返らなかった。

結城は冬彦と話をして気がすんだかもしれないが、冬彦のほうは蟠《わだかま》りを強くしただけだった。

本当に、いい迷惑だ。

あの男とは二度と関わりたくないと思った。

＊

ガラッと玄関の引き戸を開ける音がして、「帰ったぞ」と遥の声がする。

今か今かとソワソワしながら待ち構えていた佳人は、茶の間の襖《ふすま》を勢いよく開けて取り次ぎに出て、遥と冬彦を出迎えた。

「こんにちは。お邪魔します」

冬彦が礼儀正しくお辞儀して挨拶《あいさつ》する。

すでに見慣れたピーコートに、ウールのスラックス。首には暖かそうなマフラーを巻いている。

頬と鼻の天辺《てっぺん》が北風に吹かれてきたせいか赤らんでいるが、表情は晴れやかで声には溌剌《はつらつ》とした響きがあり、元気そうだ。今月頭から児童養護施設で暮らすようになったが、問題なくやっていっているようで安心する。

「ようこそ、冬彦くん」

ほら上がって、と佳人は冬彦を促《うなが》す。

冬彦は脱いだスニーカーをきちんと揃えて隅に置く。不躾《ぶしつけ》にならない程度に玄関周りを見渡して、取り次ぎを挟んだ向かいに見える中庭に視線を向け、「あちら側にも庭があるんですね」と感心する。

「あとで庭にも案内するよ。まずは、温かいものでもどうかな」

「はい。いただきます」

「コーヒー、紅茶、ホットミルク、ココア、何がいい？」

「えっと……じゃあ、コーヒー、お願いします」

「了解。おれもコーヒーにしよう。遥さんは、何にしますか」

「俺が淹《い》れる。おまえは冬彦の相手をしていろ」

冬彦を駅まで迎えにいった遥が、佳人の肩を、任せたぞ、と言うようにポンと一叩きして台所に向かう。

佳人は冬彦を右手の応接室に連れていき、ソファを勧めた。

中央に据えたローテーブルをコの字型に囲む形で、ソファセットが配されている。大きく取られた掃《は》き出し窓から穏やかな冬の日差しが差していて、室内は明るく、気持ちがいい。あらかじめヒーターをつけておいたので、ちょうどよく暖まっていた。

冬彦と会うのは中華を食べに行った日以来だ。

「二週間ぶりだね。元気にしてた？」

「はい。施設に行く前に連絡しようと思っていたんですけど、バタバタしていて。すみません」

「おれたちに気を遣わなくていいよ。こっちも冬彦くんが落ち着いてから、と思っていたんだ。もう新しい家には慣れた？」

「だいぶ。二人部屋で、高校一年生と一緒です。読書が趣味みたいでいつも本を読んでいるから、最初の何日かは話すタイミングが摑めなくて、一緒にいても延々無言続きでどうしようと思ったんですけど、結局向こうから話し掛けてくれました。喋ると親切な人で、僕も本好きなので話も合うし、よかったです。僕も元々あんまり喋るほうじゃないんで。お互いに本を読んでいるときは、同じ部屋に何時間一緒にいても一言も話さなくて平気なところとか、僕的に楽です」

「それはよかった。二人部屋なんだね」

「一人部屋もいくつかあるんですけど、もっと年長の方が入られています。四人部屋とか六人部屋もあって、寮みたいです。御飯は食堂で皆一斉に食べるんです。お風呂も大きいですよ」

話を聞くと冬彦は施設での生活にぼちぼち馴染《なじ》んできているようだ。初対面から誰とでも屈託なく付き合えるタイプではなさそうだが、排他的とか依怙地《いこじ》という感じではないので、打ち解けられさえすればあとはなんとかなるだろうと思っていた。予想どおり、施設での人間関係を心配する必要はないようだ。

施設には現在三十六名が生活していて、下は三歳から、上は十八歳の高校生までいるらしい。

「どんなところなんだろうと行く前は少し不安でしたが、想像していたのと全然違って、自分の時間と空間がちゃんと守られるのが僕は一番ホッとしました」

「もっとガチガチに規則があって不自由かと思っていたの？」

「ええ。もちろん決まり事はいろいろありますけど、職員の方も個人を尊重してくださる考えの方ばかりで、窮屈《きゅうくつ》じゃないです」

「職員は何人くらいいるの？」

「事務の方まで入れたら……二十人くらいいらっしゃるのかな。小さな子も多いので、大変そうです。僕たちも、手が空いていたら年下の子の着替え手伝ったり、遊んであげたりしています。僕、ずっと祖父と二人暮らしだったんで、小さな子ってどう扱えばいいかわからなくて、まごついちゃうんですけど。愛想も悪いし」

「きっとおれもまごつくだろうな。弟や妹がいる環境、経験したことないから」

「佳人さんなら、経験なくてもうまく相手ができるんじゃないですか。そんな気がします」

冬彦に請け合われ、佳人は額にかかる髪を指で払い、そうかな、とくすぐったさを紛らわせた。

「とりあえず、今日はうちに来てくれてありがとう」

あらためて佳人は冬彦に礼を言う。ソファに座ったまま背筋を伸ばして居ずまいを正し、喜びを込めてぺこりと頭を下げた。

「いえ、こちらこそ。誘ってもらえて嬉しかったです。佳人さんたちのお宅に一度お伺《うかが》いしてみたかったですし」

冬彦は恐縮したように胸の前で両手を開き、今度はしっかりと首を回して部屋中を見回した。

「大きなおうちですね。ここに遥さんと二人で住んでいるんですね」

「おれも初めてここに来たときは、すごい屋敷だなと感嘆した。建てたのは遥さんで、おれは最初居候《いそうろう》だったから、自分の家みたいに言うのもおこがましいんだけど」

「遥さんは、ここは佳人さんと自分の、二人の家だと絶対思っていますよ。駅で僕を迎えてくださったときも、『家で佳人が待っている』って、帰りを急ぐ気持ちが足取りに出ていました」

「え、えっ、そんなのわかる?」

「なんとなく、わかりました」

なんとなくと言いつつ冬彦の目は確信的で、佳人は面映《おもは》ゆさに目を伏せた。

「遥さんとは道々何か話した?」

他にどんな話をしたのか興味が湧いて聞いてみたが、冬彦の返事は、佳人の想像を裏切らないものだった。

「並んで歩かなかったので、特に何も話さなかったです」

「……大股でズンズン歩いた……？」

きっと照れくさかったのだろうが、もう少し取っつきやすく振る舞えなかったのか、と佳人は目を覆いたくなる。いかにも遥らしくて苦笑いが出た。

「大股、ではなかったです。少しゆっくりめに歩いて、ときどき振り返って僕がついてきているか確かめてくださってました。僕も、遥さんの後ろ姿を見るのが好きなので、あえて後ろをついていったところがあって」

「後ろ姿、いいよね。肩から腰にかけての逆三角形、惚れ惚れする。スーツの上にトレンチ着流しにしたのとか、もう……。あ、遥さんには内緒だよ」

かねてから目の保養だと思って一人ニヤニヤしていた遥の後ろ姿が話題になって、佳人はつい語ってしまった。冬彦の揶揄《やゆ》するような眼差しに気づいて、緩んだ顔を慌てて引き締めたが、失態を犯した気分で頬が赤くなる。

「佳人さんは本当に遥さんが好きなんですね」

「やめて。カンベンして」

冬彦に冷やかされて佳人はソファに突っ伏したくなった。

行儀よくソファに座り、そんな佳人を見て穏やかに微笑む冬彦が、ひどく大人っぽく感じられる。身長や体格こそ成長期の子供だが、中身はもう大人と遜色《そんしょく》ない気がして、迂闊《うかつ》なことは言えないなと思った。

「何を騒いでいる」

縦格子の引き違い戸を開けて遥が応接室に入ってくる。

戸に背を向ける形で座っていた佳人は、声を掛けられるまで遥が近づいてきていたことに気づかず、うわっ、と声を立てそうになった。

「遥さん……！」

トレーに載せてきたコーヒーをテーブルに出して、遥も佳人の隣に腰を下ろす。

「わぁ、いい香り。ありがとうございます」

「砂糖とミルクは？」

「はい。入れます」

遥と佳人はブラックだが、遥は冬彦が使うかもしれないと気遣って、生クリームと角砂糖を用意していた。ふわりと泡立てられた生クリームを見て、佳人も入れてみたくなる。

「喫茶店みたいですね」

「単にコーヒーフレッシュとかパウダーとかがうちにないだけだ」

「やっぱり、おれも入れてみよう。遥さんもせっかくですから、どうですか」

「俺はいい」

遥は普段どおりぶっきらぼうだ。

冬彦はすっかり慣れた様子で、並んで座った遥と佳人を見てにっこりしている。

「期末考査が終わったばかりだって？」

コーヒーを一口飲んでから、遥がおもむろに冬彦に話し掛ける。

あ、珍しい、と佳人は遥に優しい眼差しを送り、二人の遣り取りを静観した。

「はい、金曜日に。それまで部活制限期間だったのが全科目終了後解禁になったので、午後からはみっちりと稽古《けいこ》でした。昨日も二時間ほど部活をしに学校に行ったんです」

「道場では冬場も裸足か。冷たそうだな」

「床はめちゃくちゃ冷たいです。でも、動きだすと温まりますし、慣れるので、案外平気です」

「大会なんかはいつあるんだ？」

「全国大会は毎年八月です。三年生はそれが最後の試合になります。よかったら……」

観に来てください、と続けるつもりで言いかけたに違いないが、冬彦は遠慮がちに言葉を濁し、最後まで言わなかった。そんな先の話を今しても、そのときまでこうした交流が続いているかどうかわからない。負担や迷惑を掛けることになったら申し訳ないと、律儀な冬彦は咄嗟《とっさ》に思ったのではないだろうか。

観に行くよ。佳人がそう言おうと口を開きかけたとき、遥が先に言った。

「八月か。日にちが決まったらぜひ教えてくれ」

「はい！」

冬彦の表情がパッと明るくなる。

佳人も遥が冬彦の杞憂《きゆう》を取り払ってくれて嬉しかった。

遥は気持ちを言葉にすることが本当に不得手《ふえて》のようだが、他人の気持ちを汲み取れない人間ではない。愛想はよくないが、情は濃く、実に優しい人だと思う。子供は苦手だと言いながら、ひょんなことから佳人と縁ができた冬彦を気にかけ、自分にもできることがあればすると特別なことではないかのように考える遥が、佳人はとても好きだ。自分も遥と縁があってよかった。心の底からそう思い、出会わせてくれた運命や、人、その他すべてに感謝している。

「今年も団体戦に次鋒《じほう》で出させてもらったんですが、来年も出られるようにがんばります」

冬彦が意気込んで言う。

それを聞いて佳人はあっ、と気がついた。遥も体を微《かす》かに緊張させたのが気配でわかった。

佳人は遥と顔を合わせ、どうしましょう、今話しますか、と一瞬のうちに目で聞いた。目を見ればお互いの考えが言葉を交わすように理解できる。俺から話す、と遥が引き受けたので、佳人は大船に乗った心地で任せることにした。こういうときの遥は、迷いがなくて、頼もしさが倍増して感じられ、佳人をいっそう惹《ひ》きつける。

「一つ話したいことがあるんだが、聞いてくれるか」

遥があらたまって切り出す。今までもほとんど表情を崩さずに、硬さを感じさせる態度で冬彦に接していたので、あらたまったからといってこれという違いがあるわけではなかったが、勘《かん》のいい冬彦は何かとても重要な話だと察したらしく、真剣な顔つきで頷いた。それでも、さすがに話の内容までは想像が及ばないようで、聡明な印象の瞳にチラリと不安が過る。

「知り合って間もない俺たちがこんな提案をするのは、きみを戸惑わせて困らせることになるのかもしれないが、俺も佳人もこれ以上ないくらい真剣だということを、まず頭の隅に置いておいてくれ」

「はい」

冬彦は神妙に返事をして、こくりと小さく喉を鳴らす。緊張が佳人にも伝染するようだった。こんな中、泰然《たいぜん》と構えていられる遥はやはり度量の大きさが違うと感嘆する。佳人などは、冬彦の反応が気になって気になって、腰を落ち着けて座っていることにすら努力を要した。

自分たちはよかれと思って今回の件を考え、動きだしたが、当の本人は大きなお世話だと嫌がり、不快に思うかもしれない。佳人とはメッセージの遣り取りをするくらいには親しんでくれているが、それと一緒に暮らすことはまた別問題だろう。遥の養子にならないかという話を、冬彦がどんな気持ちで受けとめるのか、佳人には予測がつかなかった。

「俺たちは、きみさえよければ、きみを引き取りたいと考えている」

遥はどう話を持っていくのかと佳人なりに頭の中であれこれシミュレーションしていたが、遥は率直に結論から行った。遥らしい進め方だ。

冬彦は目を見開いたものの、折り入って話があると言われた段階から、可能性の一つとして考えつかないでもなかった様子で、思ったより冷静に見えた。

「申請上の問題から俺がきみを養子に迎えたい。この家で、佳人ときみと俺の三人で暮らせたらと思うんだが、きみはどうだ。今のままのほうがいいか」

遥は感情を抑えた、淡々とした物言いをする。自分たちの気持ちより、冬彦自身の希望を優先させようとしてのことだ。こちらの願望を押しつけず、冬彦によけいな配慮をさせることなく、純粋に冬彦が望むことをしてやりたい。それは佳人もまったく同じ気持ちだった。

「あの……でも、あの……」

冬彦は冷静に受けとめてはいるようだったし、少なくとも嫌な話だとは思っていなそうだったが、さすがに戸惑いは見せた。

「今この場ですぐ決めなくてもいい」

遥の言葉に、冬彦は違うんですと言うように首を振る。

「僕が迷っているのはイエスかノーかではなくて……本当にこんなすごい話を受けていいのか、ご迷惑なんじゃないかって、それだけなんです」

冬彦の声は少し震えていた。本人も自覚して唇に手をやる。

「あ、ごめんなさい。……えっと」

なんとかして平静を取り戻そうとするが、焦れば焦るほど口調が覚束《おぼつか》なくなる。冬彦の困惑が佳人には自分のことのように感じられた。

「冬彦くん」

それまで佳人は、遥の隣で口を挟まず見守るだけでいたが、じっとしていられなくなり、ソファを立って冬彦の隣に移動した。

「いきなり驚かせてごめん。冬彦くんに相談するのは今になったけど、おれたち、少し前から考えていたんだ」

触っていいかな、嫌がられないかな、と躊躇いがちに冬彦の腕に手を伸ばすと、冬彦は俯《うつむ》けていた顔を上げ、佳人の手を自分から握ってきた。ギュッと指に力を込めて、ほのかに頬を赤らめる。長めの睫毛《まつげ》がふるりと揺れて、胸に込み上げるものがあったようだった。

これでよかったかな、と遥を窺うように見ると、遥は何か言いたげな眼差しを冬彦に向けていたが、すぐに佳人の視線に気づき、フッと一つ息をつく。

「本当に……お邪魔じゃないですか」

「そう思うくらいなら、おれも遥さんも最初からこんな話しない。反対に、おれたちのほうがドキドキしているんだ。たまに会って話すだけならいいけど、男同士で住んでる家に来るなんて嫌だと断られるんじゃないかって」

「そんなこと、絶対ないです」

冬彦は腹の底から声を出してきっぱり否定する。

「でも、世間体とか全然気にしない？　あと、そう、これを言わなくちゃいけなかった。学校、変わらないといけなくなる。学区が違うから」

「学校を変わるのは少し残念ですけど、世間体なんて考えたこともありません。祖父と二人暮らしだったときも、母のこととか、僕が父親のいない子だとか、他にもいろいろ言われていたみたいですし」

無理をして話を合わせている感じはなく、冬彦は本音を言っているようだった。物心ついた頃から周囲の口さがない噂話を耳にしていたのか、今さらです、という顔をする。

強い子だなと佳人は思い、胸をギュッと絞られる心地がした。

こんなふうに屈託なく言えるようになるまでは山ほど傷つき、心を痛めたのではないかと思う。ふて腐れて自棄《やけ》になり、悪い方に行ってしまったり、性格が歪《ゆが》んだりした可能性もあったに違いないが、冬彦は真っ直ぐに育ったようでよかった。たぶんに、真宮に愛情深く、時に厳しく躾《しつ》けられたからだろう。その真宮から佳人は冬彦を頼むと託された気がしてならない。佳人が真宮と知り合い、真宮の事件に第一発見者として巻き込まれたのは、必然だったかに思えてくるのだ。

「この前三人で会って、俺もきみとうまくやっていけるのではないかという感触を得た」

冬彦は遥の言葉に恐縮した面持ちになり、はにかんだ様子を見せる。

「僕も、お二人が好きです。お二人が一緒にいるときの雰囲気、本当に素敵《すてき》で、羨ましいです」

冬彦は気取らない言葉で率直に話す。照れくさそうだが、ここはちゃんと伝えないとと考えているようなのが伝わってくる。

「返事は急がない」

遥は嚙んで含めるように繰り返しそれを冬彦に言う。

「迷惑だとかはまったく考える必要はないが、それ以外にもっとじっくり検討したいことが出てくるかもしれない。少なくとも一晩は落ち着いて考えたほうがいいだろう」

「……そう、ですね」

冬彦は思慮深い目をして肯定《こうてい》する。冬彦の気持ちはもう定まっている感じだったが、即答を避けて少し時間を置くことに同意したのは、回答を急《せ》かしたのではないか、後になってやっぱり無理だと言い出すのではないかと佳人たちが心配するかもしれない、とでも気を回したからのようだ。冬彦ならそこまで考えそうな気がする。

この点については、佳人は口を出すまいと決めた。

決めるのはあくまでも冬彦であってほしい。ぎりぎり法定代理人が必要な年齢だが、大人同士の話し合いだけで冬彦の養育環境をどうこうしたくないし、そんなつもりは毛頭《もうとう》なかった。

「念のためにこれも言っておくが、養子縁組してからも、きみが望むならいつでも離縁してやることはできる。養子縁組は血の繫がりのない俺がきみの正式な保護者になるための手段だ」

「血は繫がってなくても家族になれるとおれは思うよ」

佳人は控えめに気持ちを吐露《とろ》する。

「おれと遥さんはお互いを家族だと思ってる」

ああ、と遥が佳人の言葉を保証するように頷く。

「よく考えてお返事します。お二人の気持ち、すごく嬉しいです」

なんなら中学を卒業してからでも、と佳人は長期的な考え方もできる気がしてきた。冬彦が施設で問題なくやっていけそうなら、本当に本人の希望次第だと思ったのだ。施設でも、一般の家庭になるべく近い環境で過ごせるよう、配慮されているようだ。同年配の友達と過ごせて有意義な面もありそうだ。こうして佳人たちのところに遊びに来ることもできるし、届けを出せば外泊も可能だという。冬彦のためにどちらがよりよい生育の場なのか、佳人には正直判断がつかなかった。

佳人は冬彦が好きだし、縁を感じている。同じ気持ちだと言ってくれた遥と共に、できるだけのことをして冬彦の成長を見守りたいと思っている。ただ、冬彦にとって自分たちが保護者になるのが最良かどうかはわからない。それを客観的に判断するのは役所の仕事だが、最も優先させるべきなのは冬彦の気持ちだ。

「お二人がここまで考えてくださっているとは思ってなくて、まだ少しドキドキしています」

「おれたちも、いつ言おうか、どう切り出そうか、って落ち着かない気持ちでいたんだよ」

「話せてよかった」

遥も肩の荷をひとまず下ろせたのだろう。表情が僅かに緩んでいる。

「……施設も、想像以上に過ごしやすいところで、このまま何事もなければ十八までお世話になるのかな、と思っていたところでした」

冬彦はゆっくりと瞬きをして、心を整理しながら気持ちを言葉にしているかのようだ。

「僕、本来は、誰かに借りを作るの好きじゃないんです。両親がいなくたって引け目に感じたことありませんし、悪口言われたり可哀想《かわいそう》がられたりしても、勝手に思っていればいいって知らん顔していられます。……あんまり、大人の人にかわいいと思われる性格じゃないんです……」

たぶん、と冬彦は申し訳なさそうに遥と佳人を交互に見る。

「もし一緒に暮らすようになって、思っていたのと違う……みたいに幻滅させてしまったら」

「心配しなくても、俺も佳人も柔な神経はしていない。人を見る目もいちおうあるつもりだ。自分がきみくらいの歳だったときどんな人間だったか振り返ると、とうていかわいげのあるやつではなかった。きみのことも、最大限に理解したいと思っている」

冬彦の杞憂は遥がサクッと一刀両断した。

おかげで冬彦は少し気が楽になったようだ。

「わかりました。今ので一番心配していたことが解決しました」

「よかった。じゃあ、よく考えて決めたら、電話でもメッセージでもいいから連絡して」

「あ、いえ。僕にとってもお二人にとっても大事な話なので、お会いしてお返事したいです」

佳人は冬彦に一本取られた気がして、己の軽率さが恥ずかしくなる。冬彦の言うとおりだ。何度も時間を割《さ》かせるのは悪いと思い、便利さを優先させる発言をしてしまったが、いささか情緒がなさすぎた。そんな手軽にすませられることではなかった。

「そうだよね。空気を読まずにごめんね」

「あっ、違うんです」

謝る佳人に冬彦は慌てた様子で首を振る。

「そうじゃなくて……」

冬彦はすっと姿勢を正して畏まる。端整な顔からあどけなさが失《う》せて、一人前の男の表情になった気がして、佳人はドキッとした。目力のある、意志の強そうな眼差しをした冬彦には、いっぱしの色香を感じる。可愛いと言っては失礼なような、逞しく猛った男の色香だ。表情一つでこうも見方が変わるものなのかと不思議な気分だ。さっきまでは中学生の男の子だと思っていたのに、今は対等な大人の男に見えて、佳人は心持ち身構えた。元より冬彦を侮《あなど》ったことなどないが、いつも以上に気を張り詰めさせる。遥も幾分表情を引き締めて冬彦を見据えていた。

「遥さん。佳人さん」

きちんと顔を向け、あらたまって呼び掛けられ、にわかに緊張が増す。

「舌の根も乾かぬうちに、なんですが、どう考えても僕の気持ちは変わらない確信が強まりましたので今お返事させていただいてもいいですか」

えっ、でも、と佳人は遥の顔を見遣る。

遥は僅かに目を眇《すが》めただけで動じた様子はなかった。ああ、と先を促すように顎《あご》をしゃくる。

「養子のお話、嬉しいです。進めてください。よろしくお願いします」

冬彦が一語一語丁寧に言う。

緊張から声を上擦《うわず》らせ、自然と早口になってもおかしくない状況だと佳人には思えたが、冬彦の態度は揺らぎなく、清々しいほどきっぱりしていた。毅然《きぜん》とした面持ちが見惚れるほどかっこよくて、佳人は心の中でうわぁと感嘆する。

「遥さん」

この場で一番動揺しているのは間違いなく佳人だった。

歓喜と戸惑いでおたおたする心地で、どうしましょう、と遥を見つめるばかりだ。

遥はびっくりするほどあっさりしていた。

「わかった」

たった一言返しただけで、ええっ、それだけですか、と佳人は耳を疑いそうになった。もっとこう、嬉しいとか、ありがとうとか、よろしくとか、掛ける言葉はいくらでもありそうだが、遥はいっそ潔いほどシンプルだ。遥らしいと言えば遥らしい。冬彦もそれに対して不満はなさそうで、本当に大丈夫なのかと不安がってもいないようだ。言葉を尽くさずとも二人の間には通ずるものがあるらしい。それならそれでいいか、と佳人もすぐ思い直した。言葉少なで表情はいつもどおりにこりともしていないが、遥の目には見るものが見ればわかる喜色《きしょく》が浮かんでいる。静かに感激しているのが伝わってきて、佳人はジンと胸が震えた。遥の情の深さは佳人が誰より知っている。それを今またひしひしと感じた。

「コーヒーのお代わりはいるか。それとも次は何か別のものがいいか」

遥が冬彦にぶっきらぼうに聞く。

「今朝、佳人が一人で奮闘《ふんとう》して作ったシフォンケーキがある」

「ぜひ食べたいです。お手間でなければ紅茶お願いしてもいいですか」

「もちろんだよ。遥さん、おれ、淹れますね。遥さんも紅茶でいいですよね」

「アッサムがいい」

「冬はミルクティー飲みたくなりますね。冬彦くんもそれでいい？」

「はい。僕も何か手伝いましょうか」

「いいよ。遥さんと本の話でもして待ってて。遥さんも結構本好きだよ。すごい乱読だけど」

「そうなんですか！　ミステリーとか読まれます？」

たまにな、と遥が答えるのを背中で聞きつつ、佳人は空いたカップとソーサーを載せたトレーを手に応接室を後にする。

台所で一人になると、じわじわと嬉しさが湧き上がってきた。頬が緩み、顔がにやけるのがわかる。佳人はほんのりと温かくなった頬を手の甲で押さえ、よかった、と息を洩らす。

こんなデレデレと崩れた顔を遥と冬彦に見られたら、恥ずかしくて居たたまれなくなっていただろう。

――よかった。

冬彦がいい返事をくれて。

込み上げてくるものがあるな、と思った次の瞬間、目が霞《かす》み、視界がぼやけていた。

なんなんだ、これ、と我ながら狼狽えてしまう。

自覚していた以上に気を張り詰めさせていたのだなと噛み締めさせられた。

湯が沸騰《ふっとう》するまでの間にティーカップを新しく用意し、初めてにしては結構うまく焼けたと思うシフォンケーキを切り分ける。皿に盛りつけるとき、ホイップクリームも添えた。遥と二人のときには、こうした甘いものを作って食べる機会は年に一、二度あるかどうかだ。冬彦がこの家に来たらもう少し増えるかもしれない。次はどんなお菓子を作ろうかと、佳人は早くも楽しく考えていた。

応接室と台所はかなり離れているので話の内容までは聞き取れないが、遥と冬彦が珍しく活発に遣り取りしているのはわかった。

冬彦はミステリーが特に好きらしい。

ゲームも好きで、コンシューマーゲームの某シリーズにはまっていると言っていた。そのうち佳人もやってみようかと思っている。冬彦と知り合っていなければ、おそらくこんな気は起こさなかっただろう。

冬彦との縁でまた佳人の世界に新しい色が加わった。

遥にとっても、冬彦にとってもそれは言えるはずだ。それぞれ色は異なるだろうが、三人三様に景色が変わったのではないかと思う。

シュンシュンとケトルの口から湯気が噴き出してくる。

ふと、脈絡もなく貴史の穏やかで理知的な顔が脳裡を過り、そういえば、あれから貴史は今後の展望について何か決めたかな、と佳人は思いを馳《は》せた。

今年も残り少なくなってきたので、近いうちに忘年会を兼ねた食事に貴史を誘い、冬彦のことを報告しようと思った。

4

佳人と遥、貴史というやや珍しい組み合わせで食事をすることになり、貴史が探してくれた吉《きち》祥寺《じょうじ》のカジュアルイタリアンに集まった。

年が明けて十日経ち、お屠蘇《とそ》気分も薄らいだ頃だ。

適度に照明を絞った落ち着いた空間で、どっしりとした木製の大テーブルの端に向き合って座り、まずはスパークリングワインでグラスを合わせた。

「貴史さん、今年もよろしくお願いします」

「こちらこそ。お二人とも、よろしくお願いします」

今年の正月は三が日に土日が続き、六日から仕事始めのところが多かったようだ。遥も年末年始併せて九日間、電話とメールで指示をする以外のことはせず、きっちり休みを取った。これには佳人が一番驚いた。その間何をしていたかというと、部屋の片づけだ。そして、改装のための工務店との打ち合わせ。

「広さはないが、活気があって居心地のいい店だな」

「ここ、千羽さんに教えてもらったんですよね、貴史さん」

なにげに世話焼きで親切ですよね、と佳人が言うと、貴史は苦笑しつつも否定はしなかった。

「元は国賓《こくひん》クラスの秘書やアテンドもしていた人ですから」

「ほう。すごいな」

遥も目を眇めて感心する。

カルパッチョにミラノ風カツレツ、自家製ハム、チーズリゾットなど、口の肥えた千羽が勧めるだけあって、どの料理も感動するほど美味しい。

「冬彦くんの件は進展ありましたか」

兼森弁護士を紹介するなど最初からこの件に関わっているだけに、貴史も経過を気にかけてくれている。冬彦本人にも話して快諾してもらったことは、すでに佳人から貴史に伝えてある。

いろいろ迷ったのだが、最終的には、遥の、「当人に話さず勝手に動くのは、やはりあまり気持ちのいいものではない」との発言が大きく響き、様々な手続きに入る前に冬彦に話すことにした。迷う過程で貴史に一度相談を持ちかけていたので、そこからきちんと説明した。

貴史は冬彦の返事を聞いて佳人と一緒になって喜び、早く縁組が調うよう祈っています、と言ってくれた。

「児童養護施設の施設長さんと会って、家裁に養子縁組許可申立をしようと思っている、とおれたちの考えを話したところまで、貴史さんにもお知らせしてましたよね」

「聞いています。あれが先月半ばでしたか」

「ええ。申し立てに際して必要な未成年後見人を、家裁に指名された場合には引き受けます、と言っていただきましたので、兼森さんにそちらの手続きを取ってもらって、今、家裁からの返事待ち中です。年末年始で家裁も立て込んでいるから待たされるかもしれないとは聞いていましたが、予想どおりまだ連絡がなくて」

「施設長と話し合われているなら代諾者に関しては問題ないですね。家裁は冬彦くんのケースだとまず間違いなく施設長を指名すると思いますから。タイミングが悪かったりすると、時間がかかることもままあるんですよね」

自分も法曹界《ほうそう》に身を置いているせいか、家裁からの返事が遅いことを、貴史が申し訳なさそうにする。

「まったくだな」

遥が珍しく相槌を打つ。今回の件だけでなく、裁判所や役所にはこれまで様々な形で関わってきたようで、そのたびに手続きの煩雑《はんざつ》さや、返答の遅さにうんざりさせられてきたらしい。忌々《いまいま》しげな口調に、遥でもこんなふうに感情を露にすることがあるのか、と本人には悪いがおかしみを感じ、佳人はこっそり口元を緩めた。

「むしろ問題は養子縁組許可申立に家裁が許可をくれるかどうか……なんですよね。調査や審問があって判断されると聞いてドキドキしています」

「許可が下りるまでは落ち着かないですよね。調査は調査官がしますが、審問は裁判官ですね。

でも、兼森さんも特に不安要素はないとおっしゃってるんでしょう？」

「ええ、まぁ」

遥の年収と社会的地位の高さ、冬彦の希望、これまでの関わり方などを鑑《かんが》みて、おそらく大丈夫だろうと言ってくれている。

「役所には届出をすればいいだけなんですね」

「未成年者の場合は元々裁判所の許可が必要なので、そこからさらに役所が法務局に問い合わせをするということはないと思います」

「家裁の許可がスムーズに下りれば、意外と早く迎えられるかもしれないな」

「改装、急いだほうがいいかもですね」

話が具体性を帯びてくると、気持ちも高まる。

「冬彦くんの部屋、どこにしようと考えてるんですか」

貴史も佳人たちのところに中学生の子供が来るとどう変わるのか、気になるようだ。

「二階に三部屋あって、そのうちの一室はいちおう遥さんの部屋ということになっているんですが、今までほとんど使っていなかったので、そこを冬彦くんにと」

「俺は一階に書斎があるからな。その部屋には着替えをしに行く程度だった」

「改装といっても、壁に棚を造り付けるとか、床を張り替えるとか、その程度なんですが」

「楽しみですね。冬彦くんを無事迎えられて、いろいろ落ち着いたら、僕もぜひ一度会ってみたいです。早くて春頃ですかね。僕は夏くらいまではご遠慮したほうがいいかな」

「さすがに三月までには迎えたいですね」

先々にこれほどわくわくする出来事が待っている状況を経験するのは、佳人は初めてだ。あえて言えば、中学に上がるとき、私立を受験して合格し、四月からはあの学校に通うんだと胸を弾ませていたのが今の感覚に近いだろうか。あれ以来、未来に希望が満ち溢《あふ》れている、キラキラした世界がきっと広がっている、と心を躍らせたことはなかった気がする。明日はどんなことが待ち受けているのか——一寸先も定かでない、そんな気持ちで一日一日歩んできたことに、あらためて気づかされた心地だった。

「おまえのほうはどうなんだ、執行《しぎょう》」

こちらの話が一段落したところで、遥が貴史に話の矛先《ほこさき》を向ける。

「佳人さんから、何か聞かれていますか」

貴史はどこから話し始めたらいいのか確かめようと、遥にそんな質問をしたようだった。

佳人が口を開く前に遥が「いや」と答える。

「二人で、執行にも何か考えていることがありそうだ、という話は少し前にしたが、それだけだ。おまえと佳人が話したことは聞いていない。ただ、なんとなく仕事のことで悩んでいるのかと察してはいる」

「やっぱり、わかってしまいますよね」

貴史は面目なさそうに眉尻を下げ、照れ笑いする。

「僕自身、気づかれただろうなと思い当たる節はあるんです。冬彦くんのお母さんの調査報告に伺《うかが》ったとき、気持ちがかなり揺らいでいましたから」

「その前からちょっとずつ物足りなさみたいなのを感じているようだったな」

「はい。そのとおりです」

貴史は最初から遥にも話すつもりでいたに違いなく、迷いのない眼差しを、対面に並んで座った遥と佳人に向けてくる。

「東原さんとは結局話せました?」

「話しました。まぁ、結果は推《お》して知るべしでしたけど」

「つまり、『好きにしろ』?」

ええ、と貴史はうっすら笑って首を縦に振る。

「辰雄《たつお》さんはおまえの判断を信頼しているんだ。もちろん、おまえが自分から離れていかないという自信もあって、その上でおまえの可能性を狭めたくないと思っている」

遥がこんな話をするのはめったにないことだ。遥なりの気遣いで、東原が遥以上に本音を言いたがらない性格をしていて、そのために貴史がずいぶん長い間悩み、苦しんできたのを承知しているから、代弁せずにはいられないのだろう。佳人としては、遥と東原の結びつきの強さを見せられた気がしてちょっと複雑だが、ここで悋気《りんき》を起こすほど狭量ではなかった。

「反対しなかったってことは、暗にそうすればいいと賛成しているのかもですね」

「僕もそう受け取りました」

「なら、畳むのか」

親しい間柄《あいだがら》だと遥はずばずばした物言いをしがちだ。貴史にも無遠慮に聞く。

さすがに貴史もこれには即答できなかったようで、一瞬言葉に詰まり、それから躊躇いがちに口を開いた。

「気持ちの半分はこれを転機だと捉《とら》えているんですが、正直、今の事務所をここまでやってこられた自分にも愛着はあって、簡単に捨ててしまえないものだなと噛み締めている最中です。いざとなったら、迷うものですね……。自分ではもう少し潔い性格のつもりだったんですけど」

「迷いますよ、それは。事務所がにっちもさっちもいかない状況とかなら決断しやすいでしょうけど、貴史さんのところはべつに仕事が減ってるわけじゃないでしょう」

「幸い口コミでそれなりにやっていけているんですよね」

今のところは、と貴史は慎重に付け足す。小さな個人事務所だけに先の見通しが利きづらいのは佳人にもわかる。佳人自身、個人事業は楽しいが、会社勤めのほうが気楽な面も多々あると感じている。それでも、どちらが性《しょう》に合うかと聞かれたら、佳人は今の仕事と答えるだろう。

「僕は、誰かの下で指示を受けて動くほうが、実は好きなんですよね。副官を目指したいほうです。自分が上になることはあまり考えていませんでした。かといって、ガチガチに上下関係があって絶対服従みたいなのも嫌なんですよね。年功序列とか、無意味な位置づけもされたくない。どちらかというと外資系の実力主義のほうがまだ肌に合います」

「でもトップにはならなくていい？」

「すべてに采配を振る能力はないし、責任も重すぎて背負いきれそうにない。トップに立つ器《うつわ》じゃないことは自分が一番よく知っています。僕は適当に狡《ずる》いんですよ」

このあたりの話になると貴史はきっぱりしている。自分というものが本当にわかっているのだろう。佳人の目から見ても、貴史の自己分析は概《おおむ》ね領ける。貴史を狡いとは思わないが、卑下《ひげ》する感じではなくさらっとそう言ってしまえる貴史の公平さはさすがだ。

「確かに、瀬戸際の状況でないときに現状を捨てて新しいことに挑むのは、思った以上に決断力がいるものだ」

遥の言葉には、経験者ならではの重みがあった。きっと、選び損ねて失敗したことも何度となくあったのだろう。

佳人自身、遥の秘書を辞めて自分の事業一本でやっていこうと決めるときは、結構葛藤《かっとう》した。今考えるとさほど悩むような選択ではなかったと思えるのだが、当事者の立場のときには深刻な問題だと感じていたのだ。

「もう少し考えて、そうですね、春先か、遅くとも夏前までには、僕もどうするか決めようと思います」

春頃と貴史が大まかに目安をつけたのは、今この場でのことのようだ。

遥と佳人が冬彦を引き取って一つ屋根の下で暮らし始められそうなのも、どうやら春先あたりになりそうだ。貴史はそれに感化されたようだった。

「じゃあ、またその頃に三人で会いましょうか。ひょっとしたら、その前にまず冬彦くんと会っていただくことになるかな」

「僕の予感では、そうなりそうな気がしますよ」

貴史の言葉に佳人は太鼓判を押してもらった心地になった。

遥も嬉しさと安堵をそこはかとなく滲《にじ》ませた柔らかな表情をしている。

「さっきの続きだが」

遥がおもむろに話を戻す。

「自分が一番楽になれる居場所が見つかったら、そこがいいんじゃないか。案外、それ以外のことは気の持ちようでどうにでもなるものだ。気持ちにだけは無理をさせないほうがいい」

「……はい」

ありがとうございます、と貴史は神妙に頭を下げる。

「いや。よけいなことを言ったかもしれない。単に、俺はそうしてやってきたというだけの話だ。聞き流してくれていい」

「はい」

貴史はおよそ聞き流す気などなさそうな顔をして、にこりと遥に微笑みかける。

「もう一杯ずつスパークリング飲みますか」

頼んだ料理は粗方片づき、最後にチーズでも摘《つま》もうかという感じになっていたが、佳人がそう提案すると、貴史も「いいですね」と賛成した。

遥が店のスタッフを呼んで最初に乾杯したときと同じものを三杯頼む。

グラスをカチリと合わせた際、佳人は胸の内で三人それぞれに幸がありますようにという気持ちを込めた。

なんとなく、遥も貴史も同じようなことを心に思っていた気がする。

＊

「今夜も楽しかったです。では、また」

「貴史さん、気をつけて帰ってくださいね」

「僕は電車で二駅ですから。佳人さんたちこそ、気をつけて」

吉祥寺駅の改札前で貴史と別れたとき、佳人は微酔《ほろよ》い状態だった。今夜は酒に強い遥と一緒だったせいもあり、安心して飲めた。酔ったと言っても気持ちよくふわふわした感覚がする程度で、足下はしっかりしているし、このまま自分たちも電車に乗って帰ってもなんら問題なかった。

「どうしますか、遥さん。真っ直ぐ帰ります？　それとも、どこかでコーヒーでも飲みます？」

遥と二人で夜の街をうろつくのは久々で、もう少し外歩きを楽しみたい気もする。

「コーヒーでもいいが、ちょっと日本酒を飲みたい気分だ」

「それなら、やっぱりうちに帰って一本燗《かん》をつけましょうか」

なんのかんの言いながら、結局二人とも家が一番好きなのだ。佳人はほっこりする。

「そのほうが眠くなったり酔いがひどくなったりしてもすぐ横になれて、おれも気兼ねなく付き合えます」

「そうだな」

電車に乗る前に、駅近くのちょっと高級な食材を扱っている店に寄り、日本酒のつまみになりそうなものを何品か買った。

つまみが入った紙の手提げ袋を遥が持って、最寄り駅から並んでぶらぶら夜道を歩く。

寒風に吹かれるせいで、佳人の酔いはだいぶ醒《さ》めていた。

最寄り駅から自宅までの道はすっかり慣れ親しんだ、日常の風景の一部だ。あの家は増築で外観が変わったとか、ここの道路標示は描き直されたとか、そうしたちょっとした変化はあるものの、全体的に捉えると、いつもの道、だ。

そこを遥と、肩が触れ合うか触れ合わないかという距離感で並んで歩くうちに、佳人はクスッと思い出し笑いをしていた。

「なんだ」

遥が不審そうに聞いてくる。

ジロリと横目で一瞥されたとき、佳人もちょうど遥を見遣ったところだったので、視線がぶつかった。酔いのかけらも窺えない遥の眼差しは相変わらず鋭利で、腹の底まで見透かされそうな気がして、心臓が跳ねる。

「遥さんと冬彦くんも、二人でここを歩いたんだな、と思っていろいろ想像していたら、笑いが込み上げてきてしまったんです。すみません」

「べつに笑われるようなことは何もなかったが」

きまりが悪くなるとぶっきらぼうになるのは遥の癖だ。そうやって取り繕わないと居たたまれない心地になるらしい。

「遥さんがいつもよりゆっくり前を歩いて、ときどき冬彦くんがついてきているかどうか振り向いて確かめながら、ほとんど何も話さずこの道を歩く姿が目に浮かぶようで。実際、そういう感じでした?」

「俺はただ冬彦をうちまで連れていっただけだ。まぁ、概ねおまえの言ったとおりだったんだろう。意識していなかったから、よく覚えていない」

「前後一列のまま黙々と歩き通すのが、いかにも遥さんらしいなぁと思ったんですよね。冬彦くんから聞いたとき。その遥さんが、おれと今はこうやって横並びで、歩調を合わせて歩いてくれるのが、なんか不思議というか、すごいことのような気がして」

言いながら気恥ずかしくなってきて、はにかんでしまう。本人にこういう話をするのは照れくさいものだ。まだ九時前だが、住宅街の間を通る生活路にはめったに車も走っておらず、擦れ違う人もいなくて、朝や昼に歩くときとは違った雰囲気に包まれる。静かな道を、傍《かたわ》らにいる遥の息遣いや足音を耳にしながら歩くうちに、遥のことをあれこれ考えずにはいられなくなった。

遥の心臓の音を、もっとはっきり聞きたい。

胸板に触れて鼓動を直接手のひらで感じたい。

そんな欲が頭を擡《もた》げだす。

佳人はキュッと唇を一噛みして、伏せがちにしていた顔を上げた。家まであともう少しだ。

「冬彦くんとの距離感も、一緒に暮らすうちにおれとのときみたいにどんどん変わっていくんでしょうね。三年後か四年後には、遥さん、冬彦くんともこうやって横並びで歩くんだろうな。その後ろをおれがついていったりして」

二人の背中を微笑ましく眺めながら歩く自分が想像できる。

「俺には、来年にもあいつがおまえよりデカくなって、当然のように車道に近い側を歩こうとするのが浮かぶ」

「う。否定できない……。どうしますか、遥さん。きっとあの子モテまくりますよ。剣道やってるところなんか想像しただけで、女の子たちが黄色い声を上げて騒ぐ光景がセットで付いてきます。今はカノジョいないみたいですけど、そのうち紹介されそう。あっという間に結婚してしまうかもしれないですよ」

「……だといいが、おそらく、おまえの想像どおりにはならない気がする」

そうですかね、と首を傾げる佳人を置いて、遥はいきなり大股になって先に行ってしまった。もう黒澤家の門扉《もんぴ》が数メートル先に見えている。

遥は門を開けてさっさと敷地内に入っていく。

佳人も急ぎ足で後を追う。

「戸締まりをちゃんとしてから来い」

台所から遥に声を掛けられ、佳人は玄関の戸をきっちり施錠してから靴を脱いだ。

今夜はもう、酔ってぐだぐだになって寝てもいいように、という配慮だろう。明日は土曜で、遥は休みにしたと言っていた。六社も会社に関わっていると、本人に休む気がなければいくらでも働ける。昔は文字通り休む間もなく働きづめで、ワーカホリック気味だったらしい。出会った頃もそんな感じだった。きちんと休みを取るようになったのは、ここ二年ほどの話だ。自惚《うぬぼ》れかもしれないが、遥が休みを取るのは佳人との暮らしを大事にしたいと考えてくれているからのようで、休みのたびに佳人は胸が震えるほど嬉しく感じている。佳人もまた遥を大切に労《いたわ》りたい。いつだってそんな気持ちでいる。

台所を覗《のぞ》くと、トレンチコートとスーツの上着を脱いだ遥が、ワイシャツ一枚にネクタイを締めた姿で菜箸を握っていた。

「ここはいい。着替えてこい」

振り向きもせずに言われ、佳人は素直に二階に上がった。

貴史と遥は職場から店に来たのでスーツ姿だった。佳人はスーツの二人と一緒にいても違和感のないジャケットとパンツを選んで着ていた。

日常的にスーツを着る必要がなくなってから、佳人は自分でも思いがけず服を選ぶのが好きだということに気がついた。あれこれ組み合わせてみるのが楽しい。今はまだ雲を摑むような話だが、ぼんやりと、本当にぼんやりと、ファッション関係の仕事もちょっとしてみたい気持ちが芽生えだしている。実現させられるかどうかはさておき、アイデアを捏《こ》ね回すのが面白かった。自分にもまだまだやりたいことがあるのを、ふとした拍子に思い知る。

つらつらと考え事をしながら着替えているうちに、頭がいっそうクリアになっていく。先ほど飲んだワインはすっかり醒めていた。

ソフトデニムのジーンズに裏起毛のパーカという出《い》で立ちで、再び台所に行く。

遥は手際よくつまみを何品か用意し終えていた。塩辛にチーズに焼き厚揚げ。出来合いのものにちょっと手を加えて盛りつけただけだ。買い物をする際、今夜は簡単にいこうと遥と決めた。

「さすがに月見台は寒すぎますよね」

佳人はそんなに風邪などひかないほうだが、遥は意外と体調を崩しやすい。本人も自覚しているようで、少し考える間を作りつつも、ああ、と首を縦に振った。

茶の間に熱燗にした酒とつまみを運び、炬燵《こたつ》に入って二人で二次会を始めた。

「貴史さん、結局どうすると思います？」

「さぁな。俺にわかるのは、執行が迷う気持ちだけだ」

「遥さんが貴史さんの立場なら、やっぱり迷いますか」

「迷う」

遥は杯の中身をグイと飲み干して、一言《いちげん》の下に断じる。

「小さくても一国一城の主でいるか、自分より器の大きな人間の下で可能性を広げるか、どっちも選び難《がた》い。どちらがより成長できるか……考えるとしたら、そこになると思うが」

「白石弁護士って、貴史さんが憧《あこが》れるほどすごい方みたいですもんね」

「おまえと執行は似ているところもあるが、根っこはたぶん正反対の気質をしているんだろう。執行も自分で言っていたが、あいつは確かに副官タイプのようだ。おまえはどちらかといえば俺に近い気がする」

「そう……なのかな……」

首を傾げた佳人に、遥が「ふん」と薄く笑って顔を近づけてくる。

ち、近づきすぎ……と思った瞬間、唇を塞がれていて、佳人はすぐに目を閉じた。

酒に濡れた唇を啄《ついば》まれ、解けた口の隙間から舌が捻り込まれてくる。

「ンッ……、ン」

キスはすぐに熱の籠《こ》もった濃密なものになり、佳人はくぐもった声を洩らしつつ、執心の強さを感じさせる行為に応えた。

搦《から》め捕《と》られた舌を、飢えを満たすように何度も強く吸われ、引っ張られる。

貪るようなキスに翻弄され、佳人の舌は搦め捕られたままヒクヒクとのたうつ。口の端から零れそうになるほど溢れてきた唾液は、啜《すす》り取られ、舐め尽くされる。

あまりの淫靡《いんび》さに、徐々に体から力が抜けていき、ずるずると遥に凭《もた》れて倒れ込む。

角度を変えて飽きることなくキスを続けながら、遥はパーカの下に手を忍び込ませてきた。

佳人の裸の胸を、手のひらでまさぐるように撫で回す。

「あ……っ」

乳首に触られた途端、佳人はあえかな声を洩らして上体を揺らした。

指先で擦るように弄《いじ》られると、たちまちぷっくりと充血し、勃《た》ったのがわかる。

「あ、だめ、そこ」

だめだと訴えはしても、その声はかけらも嫌がっているようには聞こえず、むしろもっとしてとねだっているようだ。実際、本音はそのとおりで、貪婪《どんらん》さに我ながら羞恥を覚える。

濡れた唇を離して、互いの口を繋ぐ淫靡な糸を名残《なごり》惜しげに切った遥は、炬燵を押しやってずらし、佳人共々足を外に出した。

猛々しさと美しさを併せ持った男が、両脚に体重を掛けて佳人の上に乗ったまま、荒っぽく着衣を乱す。グイとネクタイを片手で引っ張って崩す姿は鳥肌が立つほどエロティックだ。佳人は畳に仰向《あおむ》けになったまま遥を見上げ、ゾクゾクして目を細めた。

官能を擽られ、股間が張り詰めてくる。さっき少し弄られた胸の突起も、さらに硬さを増す。

裏起毛の布地に突起の先が触れ、声を出さずにはいられないくらい淫靡な刺激が走った。

兆《きざ》してきたことを遥に気づかれ、抵抗する間もなくジーンズを下着ごとずり下ろされる。

半勃ちになった性器を長い指で摑んで握り込まれ、緩やかに上下に擦られると、恥ずかしいほどの早さで硬度が増した。

「あっ、あ、……あっ」

完全に勃起した陰茎をズリズリと扱《しご》かれて、たまらず佳人は身をくねらせた。

亀頭の先端が淫液で濡れだし、遥の指まで汚す。

自ら零したぬめりを竿に擦り付けられ、巧みな手淫に翻弄される。

「アアッ、アッ。遥さんっ」

下腹部から熱いものが噴出するような感覚に何度か襲われ、そのたびに佳人は顎を撥《は》ね上げ、背中を弓形に反らせて嬌声《きょうせい》を発した。

達《い》く寸前まで追い詰められては、はぐらかされる。

佳人は息を荒げ、目に涙を溜めて喘いだ。

前を責められながら、後孔にももう一方の指が忍び入ってきて、唾で湿らせつつ襞《ひだ》を広げ、筒の中まで慣らされる。

飲んだばかりの日本酒でまた少し酔ったせいもあり、体に力が入らない。元より遥を拒む気はないが、今夜は完全に受け身に徹せられ、遥にされるがままだ。それが佳人にはもどかしくもあり、被虐心《ひぎゃくしん》を煽られていつも以上に感じてしまってもいて、自分でもわけがわからなくなる。

佳人の後孔を妖《あや》しく嬲《なぶ》っていた二本の指がズルッと引き抜かれる。

「うう……！」

猥《みだ》りがわしく呻《うめ》いた佳人の剝《む》き出しの両脚を、遥が担いで大きく開かせた。

カチャリとベルトを外す音がして、遥がズボンを下ろすのがわかる。

猛烈な欲求が湧いてきて、佳人は指を抜かれたばかりの後孔を卑猥に収縮させてしまった。

羞恥のあまり、顔を倒して畳に片頰を押しつけ、目を閉じる。

硬く膨らんだ先端が尻の間に押しつけられてきた。

双丘を手で広げられ、先走りで湿った先端で窄み直した襞をこじ開けられる。

エラの張った亀頭がズプッと佳人の体の中に潜《もぐ》り込んでくる。

「あ、熱い……っ」

くううっ、と佳人は呻き、唇を解いて荒い息をつきながら喘いだ。

ズン、と遥が腰を前に進める。

「はあっ」

佳人の口から嬌声混じりの悲鳴が零れた。

遥は最初からここで佳人を抱くつもりだったらしく、用意してあった潤滑剤をたっぷり陰茎に塗りたくり、滑りのよくなった剛直を深々と佳人の中に突き立てる。

太く長い肉棒を根元まで収められ、佳人ははしたない声を続けざまに放ち、掲げさせられた脚を蹴るように動かして乱れた。

裸の尻に、遥の下腹部が当たる。

肌と肌とをぶつからせながら、遥は腰を前後に揺さぶりだした。

最奥《さいおう》まで突き上げては引きずり出し、また勢いよく穿《うが》ち直す。

内壁を擦られるたびに猛烈な刺激が全身を淫猥《いんわい》に痺れさせ、惑乱しそうになるほど感じさせられる。次から次へと嬌声や悲鳴が口を衝いて出るが、自分でも何を叫んでいるのか知覚していなかった。声を上げずにはいられず、ただ何か発しているだけだったようだ。

遥の到達が近いことが、抽挿《ちゅうそう》のスピードが増したことや、中を埋める陰茎の張り詰め方から察せられ、それに煽られるかのように佳人自身も高まっていった。

波に揺らされていた船底をググッと持ち上げられるような感覚に襲われ、佳人は甲高い悲鳴を上げた。

恐ろしいほどの高さまで上昇させられて、そこから海原に叩き落とされる。

まさにそんな感じで、叫ばずにはいられなかった。

怖い、怖いっ、と惑乱しながら遥に夢中で縋りついた気がする。昂奮《こうふん》しすぎて自分でも何が何だかわからなくなっていた。

深々と佳人を貫いた剛直が、荒々しく脈打つ。

達するとき、遥は佳人の陰茎を摑み、巧みに扱いて同時に達するよう射精を促した。

前と後ろを容赦なく責められ、佳人は全身をのたうたせて悶絶《もんぜつ》した。

ひいいっ、とあられもない声を上げ、一瞬意識を飛ばす。

すぐに引き戻されたが、唇を閉じ合わせることもできないほど口がわないていて、溢れた涎《よだれ》がつうっと糸を引いて滴《したた》り落ちるのを拭《ぬぐ》うこともできなかった。

「佳人」

上体を被《かぶ》せてきた遥が、体を繋いだまま佳人の口に唇を押しつけてくる。

昂《たかぶ》って乱れた息がお互いなかなか治まらず、キスは途切れ途切れに啄むような感じでしかまだ交わせなかった。

「遥さん」

少し息が整ってくると、佳人からもやっと遥を抱けた。

お互い上半身は着衣を乱しただけで裸にはならなかった。

「また、獣じみた襲い方してくれましたね」

佳人は遥の背中に両腕を回し、愛しさでいっぱいになりながら窘《たしな》める。そうは言っても、本当は自分もまんざらでもなかった。

「冬彦くんがうちに来たら、こんなの、だめですよ」

「ああ。わかっている」

だから今のうちにしたんだ、とでも言いたげなくらい、遥の声には悪びれた印象がなかった。

「……寝室、本当に、二階のままで大丈夫ですか……？」

ちょっと不安になってきて佳人はじわじわと聞いてみたが、遥は聞こえなかったかのように無視して返事をしなかった。

まぁ、どうにかなるだろう。

佳人はすぐに頭を切り替え、遥の頭に指を差し入れ、髪を絡めて弄《もてあそ》んだ。

「一緒にお風呂に入ります？」

「ああ」

こういうことも、冬彦が一緒に住むようになったらやりにくくなるかもしれないと思いつつ、それでもきっと、遥も佳人同様、冬彦にうちに来てほしいと望んでいるのだ。

佳人は遥と気持ちを寄せ合えていることが何より嬉しかった。

＊

東京に雪が降った。

二月も半ばを過ぎたが、まだ春は遠い。

降ったと言っても朝からちらつきだした程度で、夕方には止むだろうと予報されているので積もることはなさそうだ。

そんな小雪がチラチラと舞う中、今度は佳人が冬彦を最寄り駅に迎えにいき、肩を並べて自宅まで歩いた。

冬彦はいつものピーコート、佳人はウールのロングコートでしっかり防寒しているので寒くはない。手袋をした手が、何かの拍子に軽くぶつかって、二人同時に「ごめん」「すみません」と謝った些細な出来事にさえ心が浮き立った。

「お泊まり、初めてだね」

「はい。恥ずかしいんですけど、昨夜は遠足前の子供みたいに興奮して寝つけませんでした」

「おれも、ちょっと寝不足気味」

佳人は面映ゆそうに俯く冬彦を見下ろし、自分も白状した。

昨日は一日中掃除をしたり食材の買い出しをしたり、下拵え《したごしら》に勤《いそ》しんだりして過ごし、がんばりすぎて疲れていたにもかかわらず目が冴えてなかなか眠れず、遥に呆れられてしまった。

今も、冬彦を泊める準備は完璧か、必要なものはすべてあるか、としつこいくらい何度も考えて落ち着かない気分でいる。

冬彦には何も持ってこなくていいからね、と言っておいたのだが、改札口に現れた冬彦は膨らんだリュックを背負っていて、それが今日からの一泊二日の外泊を楽しみにしてくれている証《あかし》のようで、微笑ましかった。

「中には何を入れてきたの」

「着替えとパジャマと……ゲームと本です」

「ゲーム？」

はい、と冬彦ははにかむ。

「……本は、遥さんにお貸ししようと思って。前に、これ読まれましたか、と聞いたら、読んでないとおっしゃったやつなんですけど。面白かったので、遥さんにも読んでいただいて感想を聞きたいなと思って。読むのはいつでもいいのでお貸しします、って言ってあったんです」

「ふうん。じゃあ、ゲームはおれとするために持ってきてくれたの？」

冬彦はこくりと頷き、さらに頬を赤らめた。

「佳人さん、ゲームはあまりしたことないそうですけど、よかったら、一緒にプレイしてみませんか」

「下手だと思うけど、やってみるよ」

それにしても重かっただろう。

「荷物、うちまでおれが持とうか」

「大丈夫です。佳人さんのほうが絶対荷物持ち慣れてないと思います」

「えっ。そうかなぁ……」

なんで、と腑に落ちない気持ちで手袋を嵌《は》めた手を見る。

そういえば、気のせいかまた冬彦は背が伸びたように思え、手も冬彦のほうが大きいようだ。

いや、これは単に手袋の素材のせいだろう、と佳人は考え直し、己を納得させる。

黒澤《くろさわ》家を囲む塀が見えてくる。

「遥さん、きっと温かいもの淹れて待っててくれてるよ」

駅を出るとき、今から帰ります、と電話をしておいたので、着く頃合いに出せるように用意しているだろう。そういうところ遥はこまめで気が利く。

案の定、カラリと玄関の戸を開けると、コーヒーの香りがふわりと漂ってきた。

「ただいま。遥さん、冬彦くん来ましたよ」

黒地のエプロンを着けた遥が、茶の間から襖を開けて出てくる。

「上がれ。今日は炬燵で暖《だん》を取るほうがいいだろう。コーヒー、淹れたてだ」

「ありがとうございます」

ね、と佳人は冬彦と目を合わせ、おれの言ったとおりだろう、と得意満面になる。

クスッと冬彦に小さく笑われ、ちょっと恥ずかしくなった。

応接室ではなく、茶の間で、三人で炬燵に足を入れて座卓を囲むと、ぐっと親近感が増し、打ち解けた雰囲気になる。冬彦がこの家に来たのは二度目だが、前回よりも三人の距離は明らかに近くなっていると感じられた。

コーヒーも、前はソーサー付きのカップで出したが、今日はマグカップで出されている。炬燵の真ん中に置かれた蓋《ふた》なしの菓子盆に盛られているのは、個包装されたクッキーで、近くのスーパーに売っている品だ。こちらもまったく気取りがない。

「昼飯はオムライスにしようと思っている。いいか」

「はい。大好きです」

冬彦の声が弾む。

「遥さんのオムライスはおれもまだ食べたことないなぁ。楽しみです」

「夜は俺は蕎麦《そば》を打つ。小鉢や天ぷらはおまえが作れ」

「任せてください。冬彦くんにも蕎麦打ちしているところ見せてあげたらいいですよ」

「見たいです。お手伝いできることがあればします」

蕎麦打ちに関しては遥は拘《こだわ》りが強く、佳人には絶対に手伝わせてくれないのだが、冬彦に対してはじゃけんにすることなく「ああ」と返事をする。

遥もなろうと思えば親になれるのだなと思えて、胸がほっこりする。

俺は結婚に不向きだ、子供は苦手だ、と以前は言っていたが、十代の子供を相手にする遥はなかなか立派な父親の顔をしているように思う。

「あのね、冬彦くん」

大事な話をするのだと佳人の表情と声の調子から察したのか、冬彦の顔がスッと引き締まる。

「昨日、本当につい昨日、家裁から養子縁組許可というのが下りたんだ」

「養子縁組許可。はい。わかります」

どうやら冬彦は自分で養子縁組に関することを調べたらしい。中学校にもパソコンは備え付けられているだろうし、フィーチャーフォンでもインターネットはできる。その気になれば簡単に検索できるはずだ。冬彦が自分の身に関係することに無頓着でいられる子ではないのはわかっていた。

「今、役場に届け出る際に必要な書類を弁護士さんに作成してもらっている」

「書類には、保証人になる人の署名が二人分必要だと書いてありました」

それは問題ないんですか、と冬彦が聡明な目を向けてきて聞く。

「うん。近々冬彦くんにも紹介したいと思ってるんだけど、おれと遥さん両方の知り合いに執行貴史という人がいるんだ。もう一人は、貴史さんの部下というか同僚みたいな人が引き受けてくれるというので、この二人にお願いすることにした」

千羽が保証人になってもいいと言っている、と貴史から聞かされたときには正直驚いたが、断る理由はこれっぽっちもなかったので、ありがたく受けようということになった。どういう風の吹き回しか知らないが、他に探す手間が省けて幸いだった。

「届出をして受理されれば養子縁組が成立する」

遥の言葉には、本当にいいか、と最後にもう一度冬彦の意思を確かめる意図が窺えた。

「はい。よろしくお願いします」

冬彦の態度には迷いはまったく出ていなかった。

きちんと頭を下げてお辞儀をし、顔を上げたときにはすっきりした表情をしている。いよいよ真宮冬彦から黒澤冬彦になる決意をしたんだなと感じて、佳人はグッときた。

「おれ、ちょっと水飲んできます」

このままここにいると、なぜか涙腺が緩みそうな予感がしたので、佳人はいきなりそんなふうに言って炬燵を離れた。

食堂を横切って台所に行く。

遥が「テレビ、点《つ》けていいぞ」と冬彦に言う声がして、しばらくすると軽妙な音楽が聞こえてきた。遥も佳人もめったにテレビを観ないので、土曜の昼にどんな番組が放映されているのか全然知らない。佳人が急に席を外したので、間が保たなくなった遥が、テレビに逃げたのだろうと推察するとおかしかった。ごめんなさい、と悪びれずに心の中で謝る。

台所で常温のミネラルウォーターをペットボトルにそのまま口をつけて飲んでいると、遥までこっちにやって来た。

「手洗いに行くと言って立ってきた」

遥は佳人が聞く前にぶっきらぼうに言うと、いきなり佳人の腰に腕を回してグイと引き寄せ、隙間もないほど体を密着させてきた。

「は、遥さ……ンッ」

語尾を吸い取るように唇を奪われる。

佳人はびっくりして、危うく手にしたペットボトルを取り落とすところだった。

だめ、と空いているほうの手で遥を押しのけようとし、精一杯身動《みじろ》ぎしたが、遥はますます力強く佳人を抱き竦め、奪った唇を熱っぽく吸い、舌まで強引に差し入れてきた。

ヌルリと滑り込んできた舌が佳人の口腔《こうこう》をまさぐり、敏感な粘膜を舐め、擽る。

舌まで搦め捕られて、淫猥な水音をさせて吸引されると、脳髄に痺れるような悦楽が走り、ぴったりと触れ合わされた下腹部がはしたなく強張《こわば》りかけた。

濡れた唇をようやく離されたときには、遥に摑まっていないと膝がカクンと崩れそうなくらいキスで酩酊《めいてい》させられていた。

「……だめ、ですよ……」

もっと長い間キスしていた気がしたが、実際は一分ほどで、ただもう濃密に翻弄されただけだったようだ。

「おまえがあんな顔をして、いきなり逃げるからだ」

「冬彦だけが俺の籍に入って寂しければ、おまえも黒澤になるか」

「あんな、顔……って」

ギクッと佳人は心臓を震わせた。

あのとき確かに、冬彦を羨ましいと思った。

遥にはなんでも見透かされている。

「……いいえ、おれは、十年先を考えて、今のまま遥さんと一緒にいます」

佳人は遥の腕に抱かれたまま、はっきり言った。

「もしかすると、日本でも同性同士の結婚を認める法律ができるかもしれないでしょう。そのとき遥さんと親子だと結婚できないかもしれない。おれは、遥さんの子供じゃなくて、パートナーになりたい。だから、今のままでいいです」

「わかった」

遥はもう一度佳人の唇に自分の口を押しつけ、軽く啄むと、腕を解いて佳人を離した。

「顔の火照《ほて》りを冷ましたら、さっさと戻ってこい。冬彦が気にする」

遥に言われて頬を手で押さえると、思いのほか上気していて佳人はギョッとした。

誰のせいですか、と遥の背中を軽く睨《にら》む。

遥は我知らずといった足取りで台所を出ていきながら、言いそびれたように付け足した。

「あいつはおまえのことには特に敏感なようだ」

「……そう、ですか？」

べつにそんなふうに感じたことはないですけれど、と言いたかったが、その前に遥はさっさと行ってしまった。

言われたとおり、顔を冷ましてから茶の間に戻る。

「あ、あれ。遥さんは？」

先に戻ったはずの遥がいなくて、佳人は一人でテレビを観ている冬彦に慌てて聞いた。

「遥さんは書斎に本を取りに行かれました。僕に貸してくださる本があるとおっしゃって」

「そうか。またミステリー？」

「いえ、SFです」

ふうん、と相槌を打ちながら佳人は冬彦の隣に座り、炬燵に足を入れた。

中で冬彦の足にちょっとぶつけてしまう。

「あっ、ごめん」

「い、いえ……！　こちらこそ」

冬彦はほのかに顔を赤らめ、恐縮する。

そんなに畏まらなくてもいいのに、と佳人は冬彦に気を遣わせて申し訳ない気持ちになった。

今すぐには無理でも、そのうちもっと気易く喋っていいよ、と言ってみよう……などと思っていると、遥が本を五、六冊抱えて戻ってきた。

「前に話したのはこのシリーズのことだ」

「わぁ。これ、借りて帰ってもいいんですか。たぶん明日までに全部は読み切れません」

「返すのはいつでもいい。ゆっくり読め」

「ありがとうございます」

『報道フロアから正午のニュースをお送りします』

冬彦の声に被せて、テレビ画面が短い定時の報道に切り替わった。

何気なく佳人がテレビに視線をやると、冬彦もつられたように顔を向けた。

『大手商社の二田物産《ふたたぶっさん》は本日付で役員人事の異動を発表しました』

二田物産といえば旧財閥系の大企業だが、佳人は一ミリも関心がなかった。こういうニュースを流すくらいなら、今日はこれといった事件は起きていないんだな、などとのんびり思いつつテレビから冬彦に視線を移す。遥が貸した本がどういう内容のものなのか、聞きたいと思ったのだが、冬彦は逆にテレビに釘付けになっていた。

どうしたんだろう、と訝《いぶか》しみつつ、再び画面を観る。

冬彦の横顔が強張っているように見えて気になった。

画面に映し出されているのは、まだ若そうな、ひょろりとした長身の男性だった。優しげな雰囲気で、わりと整った顔をしている。物腰が柔らかく繊細そうで清潔感があるので、綺麗めな男性が好きな女性などからはもてそうだ。

冬彦の様子が尋常でなかったので、ひょっとして、と佳人は勘を働かせた。

最初、冬彦とはそれほど似ていないと思ったが、じっと見ているとどことなく似たところがある気がしてきた。

遥も無言でテレビを観ている。

『……の退任に伴い、元執行役員で事業部長の結城雅道氏を常務執行役員に選任したと……』

結城雅道。どうやらこれが冬彦の父親の名前らしい。

なぜ冬彦が父親を知っているのかわからないが、冬彦の引き攣《つ》った顔や、結城の顔を凝視する目つきを見れば、まったく無関係の人間に対する視線でないことは明らかだ。

ひょっとすると、結城のほうから冬彦に会いに来たのだろうか。冬彦は結城の名前ではなく顔にまず反応していた。ということは、面識があったということだ。

「言いたくなければ無理に言う必要はないが、この男、おまえと関係があるのか」

冬彦に聞こうか聞くまいか佳人が躊躇い、決めかねているうちに、遥が口火を切る。

ピクッと冬彦の肩が揺れ、遥に声を掛けられて我に返ったのがわかった。

「……はい」

ようやく画面から目を逸らしてこちらを見た冬彦が、硬い声で返事をする。

動揺してはいるようだが、結城のことを遥たちに隠しておくつもりはなさそうだ。

「すみません。いきなりこの人の顔がテレビに映ったので、びっくりしてしまって……」

冬彦はまだ少し覚束ない手つきで前髪を掻き上げる。

「父親、か？」

遥が遠慮がちに聞く。どこまで立ち入っていいのか、冬彦の反応を見て探りながら言葉を選んでいるようだった。

「すみません、この人に会ったのに、ずっと黙っていて」

冬彦は唇の端を上げて笑おうとしたが、まだ気持ちが乱れたままらしく、ぎこちなかった。それでも、遥と佳人に一切合切《いっさいがっさい》話す気はあるようで、口は閉ざさない。

「べつに謝らなくていい」

遥は自分から質問するのは控えて、冬彦が言いたいことだけ言わせることにしたようだ。

「十一月の終わり、でした。祖父の店の近くに車を停めて僕を待ち構えていたみたいで、声を掛けられました。今思うと……牟田口の家を出て『伯仲』に行ったときから見られていたのかな、って……ちょっと怖いです。僕は父の存在とかまったく知りませんでしたが、結城さんのほうは以前から僕のことを調べて知っていたようです」

そこで冬彦はふうっと重い溜息をついた。

「どこまで話せばいいか悩むんですけど。実は、結城さんが僕に会いに来たのは、その前に息子の直也くんが僕と会ったことに気づいたからなんです。そう、本人が言っていました」

察するに、調査報告書か何かを見て母親の違う兄弟がいると知った直也が、祖父を殺されて身寄りをなくした冬彦になんらかの感情を抱き、突然会いに来て、それに気づいた結城が狼狽えて冬彦のところに来た、おそらく口止めするために、といった事情だったのだろう。

テロップによれば四十二歳、この歳で、失礼ながら、そんなに切れ者らしくも見えない優男ふうの男性が、超一流企業の常務に選任されたというニュースからして、ある程度は想像を膨らませられる。二田物産は、会社の規模にもかかわらず、いまだに創設者一門が経営権を握っている同族会社だ。結城はおそらく重役の親族と結婚し、とんとん拍子に出世したのではないか。それなのに大胆にも、冬彦の母親と不倫の果てに子供まで作ってしまい、冬彦の動向をひそかに見張っていたに違いない。

「僕のほうからはこの人に多くを聞かなかったので、なんとなくこの人は僕が名乗り出たりしたらとてもまずいんだろうな、それが怖くて会いに来て、釘を刺したつもりなんだろうな、くらいに思っただけだったんです。僕はこの先何があっても、この人を頼る気は毛頭なかったので、どうでもよかったというか」

冬彦は結城について話すとき、特に感情を押し殺したように淡々と語る。無理をしている印象はなく、本気でなんとも思っていないようだ。

「僕には父はいないと結城さんにもはっきりと言いました。そうしたら、いくらかホッとしたみたいでした。それだけ話したら、僕のほうが先に公園を出たので……あ、話は近所の公園でしたんです。結城さんがその後どうしたかは知りません。たぶん、同行していた秘書の女の人とどこかへ行ったんじゃないでしょうか」

それって……と佳人は開いた口が塞がらない心地で鼻白んだ。

「懲《こ》りない男のようだな」

遥も冷ややかに吐き捨てる。

「遥さん。佳人さん」

一人で抱えていた結城に関することは粗方話してしまったようで、冬彦の声に明るさが戻る。

表情も先ほどまでと比べれば、だいぶ晴れていた。

「なので、僕は結城雅道という人とは、今までも、これからも、無関係です。この人も僕のことは死んでも認めないはずです。常務って、相当偉いんですよね？」

「ああ。相当な」

遥は唇の端を上げて皮肉っぽく返事をすると、次の番組が始まっていたテレビを消した。

「冬彦、俺の書斎を見てみるか」

「いいんですか！」

冬彦の顔が一気にパアッと明るくなる。

よほど本が好きなんだなと佳人は微笑ましくなった。可愛い。遥の書斎は本だらけだ。見たらきっと何時間でも籠もって物色し、読み耽《ふけ》るだろう。かつて佳人も、他にすることがなかったとき、そうやって過ごした。当時を思い出すと、甘酸っぱい気持ちになる。遥との関係がまださんざんだった頃のことなので、苦《にが》く苦しい心境も同時に湧いてくる。それも今は悪くない記憶だ。

「佳人、おまえも来い」

遥に顎をしゃくられ、佳人も二人の後から書斎についていく。

用事がなければ遥の書斎に入ることはないので、久しぶりに足を踏み入れた。

一方の壁を床から天井まで埋め尽くす勢いでずらりと並んだ書物は圧巻だ。

冬彦は声をなくし、真剣な眼差しで背表紙を端から見ていっている。

「おい」

遥に腕を引かれ、佳人はさっきの濃厚なキスを思い出し、じわっと頬をまた染めた。

「な、なんですか……」

「俺は台所でオムライスを作る。おまえは冬彦に付き合ってやれ。さっき俺がおまえにしたようなことをされそうになったら、それは許すな」

「は、はぁ？　な、なに言って……！」

いいな、と腕を離され、佳人は動揺のあまり足下が覚束なくなり、躓《つまず》きそうになった。

たまたま傍に来ていた冬彦に、またいつぞやのように二の腕を取って支えられる。

「危ないですよ」

「佳人さん……ときどき、すごく隙ありになりますね」

「き、気をつける」

遥が変なことを言うから、変に意識してしまって、恥ずかしくて冬彦の顔をまともに見られない。どうしてくれるんですか、と心の中で遥に文句を言いつつ、佳人は冬彦の注意を書棚に戻すべく、ハードカバーの赤い本を指差した。

「あれ、おれの好きな本」

どれですか、と冬彦はすぐつられてくれた。

台所では遥が腕によりを掛けて三人分のオムライスを作ってくれている。

佳人は、脚立《きゃたつ》に乗って高い位置にある本を取ろうとしている冬彦を見守りつつ、この子にはおれと遥さんでできるだけのことをしてやろう、と決意をいっそう固くした。

冬彦の家も、佳人の家も、この黒澤家だ。

そう考えるのがなにより遥の望みであり、三人が幸せになれることなのだと、佳人は思った。

＊＊

「それじゃ、行ってきます！」

「ああ。気をつけて」

玄関から飛び出すように出ていった冬彦の背中を、ポーチまで出て見送った佳人は、ふと、空から舞い落ちてきた薄桃色の花弁を見つけ、手のひらを差し伸べた。

二月に一日だけチラチラと降った雪を想起して、あの日、冬彦に家裁の許可が下りたと告げたんだったな、と思い出す。

あれから二ヶ月。あっという間にそれだけの月日が過ぎていた。

二月下旬に冬彦は遥の養子になり、苗字を改めた。

養子縁組の手続きが済んだら、本当はすぐにでもこの家に来てもらってよかったのだが、そこから約一月、引き続き児童養護施設のお世話になりたいと希望したのは冬彦だ。転校するにはあまりにも微妙な時期で、どうせなら中学三年に上がるとき移りたいと言われた。もっともだと周囲も一様に考え、養護施設のほうからも、それくらいの延長は可能だとありがたい返答をもらったので、そうすることになった。そんなわけで、冬彦が黒澤家に住み始めたのは春休みが始まってからだ。

今は二階に冬彦の部屋があり、その隣の主寝室だった部屋は佳人の仕事場になった。さらにもう一室、佳人が元々使っていた部屋は遥と佳人二人の衣裳部屋に、それぞれ改装した。

寝室を一階の北側の間に移し、畳を取り払ってフローリングに張り替え、ダブルベッドを置いたのは、ひとえに佳人がどうしても隣に冬彦がいる状況では遥との行為に没頭できそうになかったせいだ。

万一冬彦にはしたない声を聞かれたらと思うと、とてもではないがセックスなど楽しめない。かといって、遥と一緒に寝るのに何もしないなどそう何日も我慢できるはずもなく、一階の普段使っていない和室を寝室にしませんか、と遥に頼んだ。

この北側の和室は、佳人が初めて遥の許に来たとき、背中の怪我が癒えるまで伏せっていた部屋だ。

今は改装して洋室にしたので、もう当時の面影もない。

「あの頃は、数年後にこんなふうに変わるとは、きっと遥さんも、他の誰も、想像すらしていなかっただろうな」

昨晩もあの部屋で遥に抱かれて乱れ、悶えて喘ぎまくったことを思い返して、佳人はまだ淫らな余韻が燻《くすぶ》り続けている体の奥を意識して頬を赤らめた。

変わったことは他にもある。

ここしばらく、時間を短縮したり、来てもらう曜日を減らしたりしていた家政婦の松平《まつだいら》に、三月末でついに契約を切らせてもらった。すでに松平もこうなるだろうと予測していたとのことで、お互い馴染んでいて残念だが、と惜しみつつ最後の日を迎えた。てきぱきした性格で、めったなことでは動じず、家事全般何をさせても完璧にこなすハイスペックな人だったので、おそらく次の派遣先でも重宝《ちょうほう》がられているだろう。

もちろん変わらないままの事柄もある。

どこからともなく舞ってきた遅咲きの桜の花弁を、ふっと息を掛けて手のひらから飛ばし、玄関から屋内に戻ったところで、これから出勤する遥とバッタリ顔を合わせた。

「遥さん、今日は少し早くないですか」

いつもならもう十分ほど遅く出るはずだ。

「ああ。ちょっと寄るところができた」

「運転手の中村《なかむら》さんには……？」

「昨日のうちに連絡ずみだ。もう来るだろう」

遥がそう言っている間に車が家の前の道路を走ってくる音がして、門扉の手前で停車したのがわかった。

社用車を運転して遥の送迎をする運転手の中村だけは、ずっと変わらない。そろそろ定年になるのではないかと思うが、遥は中村さえよければ嘱託《しょくたく》としてでも引き続き勤めてほしいと考えているようだ。

「おはようございます」

運転席から降りてきた中村が制帽を取って挨拶する。

冬彦に続けて遥の見送りにも出てきた佳人は、中村に「今日もお世話になります」と丁寧に頭を下げた。

遥がふっと面映ゆそうに口元を緩め、フイとそっぽを向く。

「今夜は遅くなる。たぶん十時過ぎになるだろう。夕飯は冬彦と二人ですませろ。俺の分は必要ない。おまえのほうは？」

普段ならこうした遣り取りは家の中でするのだが、今朝は遥が十分早く家を出ると佳人は知らなかったので、社用車に乗り込む前にお互いの予定を確認することになった。

中村は二人の関係を知っているし、口の堅い、信用できる人物なので、聞かれたところで気にはならない。ただ、やはり、照れくささはあった。

「おれは、午後からちょっと外用事《そと》がありますけど、夕方には戻って、御飯作ります」

「冬彦は部活だろう」

「ええ。たぶん帰りは六時過ぎになりますね」

「食べ盛りだ。たくさん用意しておいてやれ。じきにあいつはおまえを縦も横も追い越す」

「もう覚悟しています。ついに身長、並びました」

「そうか」

遥はおかしそうに笑い、佳人に色香の滲む流し目をくれると、後部座席に乗り込んだ。

中村が車を発進させる。

遥を乗せた車が角を曲がるまで門扉の傍で見送って、さて、と一息ついたところに、近所の家のご主人と、幼稚園児の娘が手を繋いで通りかかった。

「おはよっ、よしとくん」

ここの娘は佳人を名前で呼ぶ。

「こ、こらっ！　すみません。あ、おはようございます。今日もいい天気ですね」

「平気ですよ、よしとくん、で」

佳人はにっこり笑ってサラリーマンに挨拶を返すと、腰を屈めて目の位置を女児と合わせ、

「澄香《すみか》ちゃんも、おはよう」

と話し掛けた。

女児がいっぱしに照れて赤くなる。

佳人は、いってらっしゃい、と二人に手を振って、今度こそ家の中に戻った。

今朝もいい感じでスタートを切れた。平穏無事に一日過ごせそうだ。

佳人は右腕を「ウン！」と思い切り天井に向けて突き上げ、伸びをすると、台所に行き、手動のミルでコーヒー豆をガリガリと挽《ひ》き始めた。

コーヒーの芳香が、明かり取りの窓から燦々《さんさん》と日差しが降り注ぐ気持ちのいい台所に広がる。

一人で食べる昼食はなんでもいいが、冬彦にたくさん食べてもらいたい夕食は何にしよう。

朝からもうそんなことばかり考えつつ、丁寧にコーヒーを淹れる。

佳人の仕事開始は、毎朝この一杯立てのコーヒーを飲んでからだった。

静夜

新宿《しんじゅく》の商業ビル内にある沖縄料理の店で佳人《よしと》と食事をし、最後は泡盛《あわもり》のロックを飲んで駅で別れたあと、貴史《たかふみ》は東原《ひがしはら》に電話をかけた。

十時頃とだいたいの時間は約束していたが、東原もその前に一件所用があるそうで、体が空いたら連絡しろと言われていた。

『俺だ』

ズゥンと下腹に響く声で応答がある。四コールめ。まだ用事が済んでいないのかもしれないと考え、貴史は念のため「今、いいですか」と断りを入れた。まだ九時を過ぎたばかりで、東原の想定よりかなり早いのではないかと気を回す。

『おう。そろそろ切り上げようとしていたところだ。そっちはもう別れたのか』

「ええ、ついさっき。東原さんは今どちらに？」

『俺は今、中野《なかの》だ』

地名を答える前に一瞬間が空き、東原のらしくない躊躇《ちゅうちょ》が感じられたことからも、茶道の流派の一つ、仁賀保《にかほ》流家元の本邸だと貴史はすぐに察した。家元の孫である仁賀保織《しき》という麗人茶道家絡みであれこれあったのは二年近く前のことだ。貴史の中ではすでにカタがついて水に流している一件だが、東原のほうはいまだに幾ばくかの凝《しこ》りを残しているらしい。

ちょっと意外だった。あの件は東原だけに非があったわけではないと貴史は思っている。東原自身、貴史が信じていいんですよねと聞いたとき、信じろ、ときっぱり言い切った。貴史も納得してその後は触れずにきたのだが、当の東原自身は慚愧《ざんき》の念を引きずっているのかもしれない。思いがけない形で東原の誠意を目の当たりにした心地だ。

「もしかして、上條《かみじょう》さんもご一緒ですか」

『ああ』

中野にいると言った時点で、東原は自分がどこで誰と会っているのか、貴史が大方把握すると踏んだのだろう。今度は返事に迷いがなかった。

『宗親《むねちか》のやつ、相談事があると言っちゃこの俺をここに呼びつけやがる。まぁ、今回は俺もやつの商売に一枚嚙ませてもらうことになったから、少々譲歩《じょうほ》するのもやむなしだがな』

「御本人が傍《そば》にいらっしゃるんじゃないんですか」

そんな無頓着な発言をして大丈夫なのか、と貴史はヒヤヒヤする。相手は川口組《かわぐちぐみ》組長の一人息子だ。本人は堅気《かたぎ》だそうだが、その気になれば裏社会の人間顔負けの荒事を平然とやる。商才もあるらしく、東原も一目置いているようだ。東原との関係は、対等かそれ以上だと考えているのではないだろうか。

『障子《しょうじ》の向こうで聞き耳を立てているなら聞こえているかもな』

東原はしゃあしゃあと言って薄く笑う。どうやら東原は縁側かどこかで電話に出たようだ。障子を閉て《た》切った部屋で、織と二人きりでいる宗親を頭に浮かべ、貴史もふっと口元を綻《ほころ》ばせた。きっと聞いていないだろうと思い直す。

「僕は今、新宿駅です。どこにでも行けますが」

『なら、四谷《よつや》の家で落ち合うか』

四谷には東原が少し前に購入した一軒家がある。築六十年を超す古い民家だが、不思議と落ち着ける場所で、最近はここを逢瀬《おうせ》に使うことが増えた。

「そうですね。では、後ほど」

我ながらかわいげのない対応だと思うが、照れくささが先に立ち、電話などでは特に淡々とした物言いをしてしまう。二人きりで会っているときのほうが、貴史はよほど素直に、大胆になれる気がする。

電車で四ツ谷駅に向かい、駅から歩く。

しばらく行くと、昔からここに住んでいる人が多そうな一軒家が連なった、閑静な住宅街になる。おそらく自分のほうが東原より先に着くだろう。貴史はゆったりとした歩調で人気のない夜道を行きながら、織が攫《さら》われた現場に居合わせたときのことを思い返していた。まだ日も高いうちから住宅街の真っ只中で車に押し込まれ、連れ去られた織の姿が、目に焼きついている。

あのとき貴史は自分でも驚くほどの迷いのなさで、即座に織を乗せた車をタクシーで追い、行き先を突き止め、東原に連絡したのだった。あれこれ考えて悩むより先に体が動いていた。自分まで危険に足を踏み入れようとしているという自覚はあったが、不安よりも、事件を放っておけない気持ちが勝っており、恐怖心に駆られる暇がなかった感じだ。

思えばあの頃から貴史の気持ちは徐々に傾きだしていた気がする。

佳人にも指摘されたが、確かに貴史は探究心的なものが強いほうかもしれない。どちらかといえば受動的で、平穏な人生を歩みたいと思っていた時期もあったのだが、蓋《ふた》を開けてみれば波瀾《はらん》万丈《ばんじょう》もいいところの生き方をしている。貴史自身拉致されたこともあるし、縁があるのはことごとく非凡な人物ばかりだ。

今の仕事を物足りないなどと感じるのはおこがましすぎる。そう思う一方で、じわじわと息詰まりかけている気がするのを否めない。自分が思っていた以上に執行《しぎょう》貴史という男は欲が深く、冒険心があって、スリルを求めずにはいられない人間だったようだ。ギリギリの綱渡りや、緊張して吐きそうになるくらいの駆け引き。そうしたものがときどき味わいたくなる。安定や安寧《あんねい》も大切だし、好きだが、それだけではぬるま湯に浸かりすぎて自分が駄目になりそうで、焦燥《しょうそう》を感じるのも事実だ。

周囲に平々凡々に生きている人が少なく、常に彼らから刺激を受け、知らず知らず自分と比べてしまっているから、こんなふうに思うのだろうか。

つらつらと考えながら歩くうち、昔懐かしいブロック塀に囲まれた二階建ての住宅が見えてきた。「新しい隠れ家だ」と東原にここの住所を教えられたときは正直驚いた。どこからどう見てもごく普通の民家だ。よもや川口組若頭に関係した物件だとは誰も思うまい。セキュリティはそれなりにしっかりしているようだが、少なくとも外観からそんな感じは受けない。だから貴史もこの家が東原の隠れ家の中で一番落ち着けるのかもしれない。

鍵を開けて明かりを点《つ》ける。

室内はきちんと片づいている。週に一度、派遣の家政婦さんが留守のときに来て、掃除をしているようだ。この家の存在は、ごく一部の人間にしか教えていないと東原は言っていた。

暖房をつけて部屋を暖め、上着だけ脱いだ格好で紅茶を淹《い》れるべく湯を沸かしていると、東原も着いて、台所に姿を見せた。三つ揃いのスーツ姿で、カシミアのコートを脱いで腕に掛けて現れ、貴史は思わず目を細めた。どんなに付き合いが長くなろうとも、その日初めて東原と顔を合わせたときにははっとして見惚れてしまう。

「俺にも一杯くれ。熱いのが飲みたい」

「珍しいですね」

東原はたいていいつもウイスキーをストレートかロックでくれと言うのだが、今夜は紅茶の気分らしい。

「明日も明後日も飲み会だ。今日くらいは休肝日にしないと掛かりつけの医者がうるさくてしょうがねぇ。べつにどこも悪くないんだがな」

「そう言いたくなるのもわからなくはないですね」

健康には気をつけてほしいとかねてから貴史も思っているので、ここぞとばかりに賛同する。

東原は忌々《いまいま》しげにチッと舌打ちしたが、目は優しく、小気味よさげに笑っているように見えた。

貴史にこんな口を利かれても、まんざらでもないらしい。

「おまえも言うようになったな」

フンとからかうような眼差《まなざ》しをくれてから、「……いや」と改める。

「おまえが俺にズケズケ言うのは前からか。おまえは最初に会ったときから恐れ知らずの生意気なやつだったな」

言うだけ言って東原は居間に行く。

いかにも頼り甲斐のありそうな、がっしりとした背中を見送り、貴史は浮き立つ気持ちを抑えて砂時計が落ちきるのを待った。心が乱れているときに紅茶を淹れると、覿面《てきめん》に淹れ具合にそれが出る気がする。東原に感づかれたら恥ずかしい。

「どうぞ」

十畳ほどのこぢんまりとした居間で、東原はスリーシーターのソファに寛いだ様子で座っていた。スーツの上着も脱いでいる。

貴史も隣に腰を下ろし、まずは淹れたての熱い紅茶を味わった。

「この前、白石《しらいし》と会ったそうだな」

「……唐突ですね」

相変わらず東原はなんでも把握している。今さら驚きはしないが、前置きもなしにいきなり核心を突かれた心地がして、鼓動が速まる。

「白石先生が何かおっしゃっていましたか」

「いいや。おまえがあいつの事務所を訪ねたのを把握しているだけだ」

東原はもったいぶらずに手の内を明かす。

日頃存在を意識することはないが、身辺警護目的で部下に貴史を見張らせているのは承知している。おそらくそちらから報告を受けたのだろう。

「昔先生のところにお勤めだった方と連絡が取りたかったので、お伺《うかが》いして聞いてきました」

「さしずめ佳人に何か相談されたか」

またもやズバリと当てられる。

貴史の交友関係は広くない。退所以来、白石とは距離を置いて接してきた貴史がこのタイミングで白石を頼るとすれば、佳人絡みかと推測するのは、さして難しいことではないだろう。佳人たちが真宮冬彦《まみやふゆひこ》を引き取るつもりでいることは、貴史の口からは誰にも話していない。さすがに東原もそこまでは考えが及んでいないと思うが、佳人に紹介した弁護士のプロフィールを知れば察しがつくかもしれない。

「まぁ、事件に巻き込まれた佳人のやつが考えそうなことは、大方察しはつくが」

あたかも貴史の声が聞こえたかのごとく東原は言う。一瞬貴史は、今自分は声を出していただろうかと冷や汗を掻いた。

カマをかけているわけじゃないぞ、と言うように東原は貴史の顔をひたと見据え、続ける。

「残された孫息子の母親捜しを頼んできたときから、結果次第では自分たちで引き取ることも視野に入れてやがるんだろうなと思っていた。おまえもちらとは思ったんじゃねぇのか」

「思いました」

それでも、佳人から相談されたときは、本気なのかと最初驚いた。大変な決断だと思ったのだ。

「僕も力になれることがあれば、なりたいと考えています。白石先生を通じて佳人さんにご紹介した弁護士さんは、そちら方面に詳しい方なので、出る幕はないと思いますけど」

「おまえが陰ながら見守っているとわかったら佳人も心強いはずだ」

「だといいんですが」

「実現すれば、あいつら、ますます家族としての結びつきを深めるだろうな」

東原の口調には親密な付き合いの友人がいい方向に行くことを純粋に喜ぶ響きがあるだけで、羨《うらや》ましがっているような感じはない。

貴史も、自分と東原の関係は、遥《はるか》と佳人のそれとは異なる在り方だと思っているので、二人が家族としてバージョンアップしていく様を見ても、それに比べて自分はどうだなどという思考は持たなかった。ただ、なんとなく自分たちはまだ佳人たちほど関係性を確立できていないような漠然《ばくぜん》とした感触は抱いている。現状に具体的な不満はないのだが、もう一歩進めそうな、さらにしっくりとくる落としどころがあるのでは、という感覚だ。このままずっと一緒にいれば、自《おの》ずとまた自分たちも周囲も変わっていくだろう。変わっていく中で、いつか、今感じている後一歩を掴むことができればいい。貴史は別段焦ってはいなかった。東原も同様に感じ、考えている気がする。

「あ。降ってきましたね」

パラパラと軒を打つ雨音が聞こえだし、貴史はカーテンを閉じた掃き出し窓の方を見た。

「すぐ止むだろう」

暖かく、静かな部屋で、紅茶を飲みながら穏やかに会話する。

ソファの端と端に、貴史は背中を起こしたまま真っ直ぐ前を向いて座り、東原は背中にクッションを当てて深く腰掛け、長い脚を組んでいる。互いの肘がぶつからない程度の距離感が心地いい。以前は一緒にいるだけで猛烈に緊張し、沈黙を恐れ、かといって何を話せばいいかもわからずぎくしゃくしていたものだが、今はそんなこともない。そう考えると、自分たちもそれなりに馴染《なじ》み合ってきたのだと思え、感慨深いものがある。

「佳人さん、降る前に帰り着いたかな」

「俺に電話をかける前に新宿駅で別れたのなら、とうに家にいるんじゃねぇか」

「ですよね」

「結構飲んだのか」

「そう……ですね。量的にはそれほど、なんですが、最後に飲んだ泡盛がやっぱりちょっと来た感じでした。たぶん佳人さんも」

「泡盛か。おまえはともかく、佳人はすぐ酔うみたいだからな」

「どっちかと言うと、僕のほうが弱いと思いますよ」

それは否定しないとばかりに東原が貴史を面白そうに流し見る。

「だが、おまえはだいたいいつも冷静で、自制が利くだろう」

「確かに、めったに羽目を外すことはないですね」

貴史は自分自身を客観的に見て肯定《こうてい》する。学生時代にはよく、真面目《まじめ》すぎる、カタブツ、などとからかわれたものだ。

「東原さんは、僕のどこに、その……」

僕のどこがいいと思ったんですか、こんな僕のどこに惹《ひ》かれてくれたんですか、そんな感じのことを聞いてみたかったのだが、面と向かって口にするのはどうにも気恥ずかしく、言葉にできずに言い淀む。

「惚れたのか、か?」

このままうやむやにしてもいいかと思いかけた矢先、東原が直球で繋ぎ、確かめてくる。

自分から振っておきながら、貴史は恥ずかしさに居たたまれない心地になって顔を伏せた。

フフンと東原が笑ったのが息遣いでわかる。

「前に言ってやったことなかったか」

「あり……ましたか……?」

好きだとはっきり告げられたとき、それらしいことを言ってもらった気もするが、今は頭が真っ白になっていて何も浮かんでこない。

東原が腰を上げて貴史との間を少し詰めてくる。座り直したときに心持ち位置をずらした感じで、あからさまに身を寄せてきた体《てい》ではなかった。

顔を上げて傍《かたわ》らを振り向くと、東原も貴史を見ていて、まともに目が合う。

抗《あらが》い難《がた》い気分にさせる目力に圧倒され、息を止めかける。

おかしなもので、肩や腰などを引き寄せられるより、微妙に体を離したまま悠然とした態度でひたと見据えられるほうがドキリとする。

揶揄《やゆ》を含まない真摯《しんし》な眼差しは、千の言葉を費《つい》やすのと変わらないほど雄弁に東原の気持ちの深さを伝えてくれるようだ。

繋がっているのだとひしひしと感じ、胸がジンと痺れるように震える。

下腹部が熱を孕《はら》み、体の芯が疼《うず》きだしてきて、身に覚えのある淫らな昂揚《こうよう》に襲われもした。

指一本触れ合わなくても相手が自分の一部のようにわかる。感覚に齟齬《そご》がないのを肌で理解する。そうなると言葉などもう必要なく思え、眼差しを交わすだけで充分だという気持ちになってくる。心が通じ合っているとは、たぶん、こんな感じのことなのだろう。

「ときどき、おまえと白石は全然違うのに、似ていると思うことがある」

しばらく黙って見つめ合ったあと、東原がぽつりと言った。

「白石先生に、ですか」

貴史にとって白石は偉大な先輩で、雲の上の存在だ。そんな人に似ていると言われると、嬉しさや光栄さより、畏《おそ》れ多い気持ちが先に立つ。

「あいつは海千山千《うみせんやません》のつわもので、俺と張るくらいしたたかで剛胆なんだが、本質は使命感の強い真っ直ぐな男だ。てめぇの信念に基づいて動いているだけなんだな。だから俺たちみたいなヤクザの弁護も引き受ける。だからといって馴れ合うわけじゃない。場合によっては敵対することもある。潔《いさぎよ》くてシンプルだ。そういうところがおまえもあるだろう」

「どうなんでしょうか。僕はもっと俗っぽいと思いますが」

貴史はこそばゆい気持ちを嚙み締めつつ返す。

「世間体とか普通に気にしますし、話を聞いただけでこれは無理だなとか、不利だなと感じる案件は、受けるとき躊躇します。先生みたいな交渉力も、巧みな話術も、押し出しの強さもないので、正義感はあっても、なんでもかんでも背負う勇気はないです」

「それがおまえの自己評価か」

東原はおかしそうに唇を曲げ、背凭《せもた》れを抱くように腕を載せる。上体を捻《ひね》って貴史と向き合う体勢になった東原に倣《なら》い、貴史も体を斜めにして座り直した。

「間違っちゃいねぇが、だから駄目だと決めつける必要もない。そうやって冷静な目で自分を見られるあたりが、白石がおまえを自分の許《もと》で育ててみる気になった理由の一つなんだろうよ」

「先生にはいまだにお世話になりっぱなしです。不義理して辞めたのに、辞めてからも何かと気に掛けていただいて。僕が先生の立場なら、そのまま袂《たもと》を分かつと思うのに」

「誰にでも同じ対応をするわけじゃない。あいつは元々群れからはぐれた狼《おおかみ》みたいな男だ。必要に応じてベテランと組むことはあっても、実践経験のない新人を手元に置くのは稀《まれ》だ」

それは貴史自身、重々承知している。入所を希望してだめ元で押しかけた貴史を白石が雇ってくれたのは、今考えても奇跡のような出来事だったと思っている。

「ひょっとしたら、もうご存じかもしれませんが……」

東原に話すなら今だと思い、貴史は切り出した。

「白石先生に、戻ってくる気はないかと声を掛けていただいたんです」

「ほう」

東原は軽く眉を動かし、目を細める。知らなかったようだが、べつに意外ではなかったらしく、相槌《あいづち》を打っただけで、それで、という目で貴史に先を促す。

「……正直、揺れています」

貴史はごまかさずに胸の内を吐露《とろ》する。最初から東原に聞いてもらうつもりだった。相談、と言うより、話すことで気持ちを整理したかったのかもしれない。

「自分の事務所に未練がないと言えば嘘になります。僕はかなり恵まれていて、自宅兼事務所で細々と始めてとんとん拍子に仕事を増やし、二年数ヶ月後には今の事務所を持てました。最初の頃、あなたが僕に組と関係ない顧客をちょくちょく紹介してくださって、その方たちからまた別の方をご紹介いただいたりして、順調にクライアントが増えていったおかげです」

「おまえの対応と腕がよかったからだ。俺はべつに何もしていない。財産分与やら離婚問題やらで揉めている金持ちを何人か知っていただけだ。顧客としちゃ、悪くない連中だっただろう」

東原に明け透けに言われ、貴史は返事に困って苦笑いした。

「あなたは、僕がまた白石先生の事務所に戻って、もしかすると組絡みの事件が起きたときに僕が出張《でば》っていくことになったとしても、問題ないですか」

貴史は率直に聞いてみた。

実はそれが一番の悩みどころで、そこをはっきりさせないと自分は心を決めきれずにいるのだなと、東原と向き合って話していて明らかになった。東原によけいな気を遣わせたくない。足手纏いになりたくない。その気持ちが己の欲や願望にブレーキを掛けていたのだとわかった。

「俺はおまえの実力を疑っていない」

東原の返事は簡潔だった。あれこれ言う必要も、言う気もないのが語調から伝わってくる。

おそらく東原は、貴史が担当弁護士として東原の前に立ったときには、ビジネスモードで手厳しく注文をつけ、結果を求めてくるだろう。以前にも何度か、白石を担《かつ》ぎ出すほどではない些末な案件を東原に直接依頼されたことがあったが、そうしたときの東原は、プライベートで見せる顔とは違って迫力に満ちており、激しい緊張を強《し》いられたものだ。知らない男と相対しているのかと思うほど冷ややかで、突きつけられる要求には容赦がなかった。今は仕事上で東原と接点を持つ機会はほぼなくなっているが、白石の事務所に入れば、また関わる可能性はゼロではないだろう。白石弘毅《こうき》は川口組のお抱え弁護士と称されている人物だ。

もう一度あの緊迫した中に身を置くことを考えると、ザワッと鳥肌が立つ。

悪寒ではなく、興奮に近い感情が腹の底から湧いてくる。

安寧とした日々ももちろん悪くはないが、やはり貴史はそれだけでは満足できない己の性《さが》を自覚する。

「好きにすればいい」

あらためて切って捨てるように東原に言われ、貴史は「はい」と答えていた。

事務所を畳んで白石の許に行くか。

今のまま踏ん張って、敷居の低いなんでも相談できる事務所を自分の城にするか。

「もう少し、考えてみることにします」

ああ、と東原は一つ頷《うなず》くと、おもむろに立ち上がる。

「一杯飲むか。おまえはどうする」

「僕もバーボンを。ロックでいただきます」

「ちょっと待ってろ。おまえは立たなくていい」

腰を浮かしかけた貴史をとどめ、東原はさっさと台所に引っ込んだ。

すぐに氷を入れたアイスペールとオールドファッショングラスを二つ運んでくる。トレーを使わず、両手で無造作に持つ姿も様になっていて、貴史はひそかにときめいた。

琥珀色《こはくいろ》の酒が、透明度の高い氷をツウッと撫でるようにしてグラスに注がれる。東原は、どちらかといえば最近はストレートで飲むことが多いのだが、今夜は貴史に付き合ってロックにするようだ。

ほら、と押しやられたグラスを貴史が手にすると、東原が自分のグラスをカチリと軽く触れさせてきた。

なんとなく、新しい門出《かどで》を東原に祝われているような、背中を押されたような心地になる。

サッと靄《もや》が晴れたかのごとく目の前が明るくなった気がする。

少し先の未来が一瞬脳裡《のうり》に浮かび、それは貴史にとってまったく違和感のない形だった。

結論を急ぐつもりはないが、おかげで気持ちは半ば以上固まりつつある。

変わっていくのは、佳人たちだけではない。

先ほどもチラリと思ったことを、貴史は傍らに座って静かにグラスを傾ける東原の横顔をそっと見ながら反芻《はんすう》する。

グラスを揺らして氷を少しずつ溶かしながら東原の好みの酒を味わっていると、出会ってまもない頃の記憶が呼び起こされる。

「このお酒、昔は癖があって全然好きじゃないと思っていたんですが、気がつくとこの味に慣れていて、むしろ飲みやすく感じられてきたのが本当に自分でも不思議です」

「ほう」

東原は何やら意味深な眼差しを向けてきたが、言葉にはしなかった。

「何事にも慣れというのはあるものだなと。僕は元々あまり飲むほうではないので、せいぜいウイスキーならスコッチを水割りにする程度で、それ以外のものに馴染みがなかったせいだろうと思うんですが」

今では同じ酒が貴史の自宅にも常備してある。べつに東原のためではなく、たまに気が向いたとき自分が飲むためのボトルだ。東原はめったに貴史の部屋を訪ねてくることはない。うちにもあるんですよ、と言いかけたが、貴史はさすがにそれを口にするのは気恥ずかしくなり、やめた。東原を想起させるものを身近に置いて無聊《ぶりょう》を慰めていると誤解されかねない。実のところ、最初にリカーショップで買ったときは、まだ関係性が今とは違って固まっていなかったので、そうした気持ちが胸底にあったのを否定しきれなくもあった。

「俺の好きな酒を、おまえがこうやってときどき一緒に飲んでくれるのは、悪くないもんだ」

東原が窓の方を向いたまま、まんざらでもなさそうな感情の籠《こ》もった声音で言う。

さりげない振りをしながら胸にくる言葉を掛けられ、貴史は心臓の鼓動を速くした。

「……そう、ですね。僕があなたの好きなお酒を好んで飲むようになったのは、あなたとこういう時間を持ちたかったからのような気がします」

好きな人の好きなものが気になる。自分も体験したくなる——この感覚を貴史に味わわせてくれるのは東原だけだ。

「この先、お互いに変わっていく部分はあるでしょうけど……たとえば、僕の仕事関係のこととか……それでも、あなたと一緒にいたい気持ちはきっと変わらないんじゃないかと思います」

「それさえ聞ければ、文句はない」

そう言って東原はニッと唇を曲げ、意味深な笑みを浮かべた。

蠱惑的《こわくてき》な笑顔を向けられ、貴史は性懲《しょうこ》りもなく胸をときめかせる。

軒を打つ雨音はいつのまにか止んでいた。

あとがき

情熱シリーズも本作で十四冊目となりました。

ここまで書き続けてこられましたのは、手に取ってくださり、応援してくださる読者様のおかげです。本当にありがとうございます。

今回は、前巻「情熱のきざし」で登場した冬彦くんとのあれこれが落ち着くところに落ち着くまでのお話です。身近に冬彦くんくらいの年齢の知り合いがいないので、中学二年生の頃の自分を一生懸命思い出して執筆しようとしたのですが、いかんせん、私にとっては昔過ぎて、あまり参考になりませんでした。十四歳の冬彦くんも書いていて楽しいのですが、大人になった冬彦くんもぜひ書いてみたいです。この先冬彦くんがどう成長するのか、遥さんや佳人との関わり方がどうなっていくのか、続きを考えてはニヤニヤしています。

貴史さんにも仕事面での転機が訪れており、こちらもまた新たな段階に入りそうです。

イラストは引き続き円陣闇丸先生にお世話になりました。いつも素敵なイラストで拙著を飾っていただき、ありがとうございます。

制作に際しご尽力いただきましたスタッフの皆様にも、お礼申し上げます。

それでは、また次の本でお目にかかれますと幸いです。

遠野春日拝

◆初出一覧◆

情熱の宝珠　／書き下ろし

静夜　／書き下ろし

世界の乙女を幸せにする小説雑誌♥
小説ビーボーイ b-Boy
読み切り満載!!
4月, 10月
14日発売
A5サイズ
多彩な作家陣の豪華新作、
美麗なイラストがめじろおし♥
人気ノベルズの番外編や
シリーズ最新作が読める!!
イラスト／蓮川 愛
ビーボーイ編集部公式サイト
https://www.b-boy.jp
雑誌情報、ノベルズ新刊、イベント
はここでお知らせ！
小説ビーボーイ最新号の試し読みもできるよ♥
イラスト／笠井あゆみ

ビーボーイ小説新人大賞募集!!

「このお話、みんなに読んでもらいたい!」
そんなあなたの夢、叶えませんか?

小説b-Boy、ビーボーイノベルズなどにふさわしい小説を大募集します!
優秀な作品は、小説b-Boyで掲載、もしかしたらノベルズ化の可能性も♡

努力賞以上の入賞者には、担当編集がついて個別指導します。またAクラス以上の入選者の希望者には、編集部から作品の批評が受けられます。

大賞…100万円+海外旅行

入選…50万円+海外旅行

準入選…30万円+ノートパソコン

佳　作　10万円+デジタルカメラ
努力賞　5万円
期待賞　3万円
奨励賞　1万円

※入賞者には個別批評あり!

◆募集要項◆

作品内容

小説b-Boy、ビーボーイノベルズ、ビーボーイスラッシュノベルズなどにふさわしい、商業誌未発表のオリジナルボーイズラブ作品。

資格

年齢性別プロアマを問いません。

注意!
・入賞作品の出版権は、リブレに帰属します。
・二重投稿は堅くお断りします。

◆応募のきまり◆

★応募には「小説b-Boy」に毎号掲載されている「ビーボーイ小説新人大賞応募カード」(コピー可)が必要です。応募カードに記載されている必要事項を全て記入の上、原稿の最終ページに貼って応募してください。
★締め切りは、年1回です。(締切日はその都度変わりますので、必ず最新の小説b-Boy誌上でご確認ください)
★その他の注意事項は全て、小説b-Boyの「ビーボーイ小説新人大賞募集のお知らせ」ページをご確認ください。

あなたの情熱と新しい感性でしか書けない、
楽しい、切ない、Hな、感動する小説をお待ちしています!!

ビーボーイノベルズをお買い上げいただきありがとうございます。
この本を読んでのご意見・ご感想をお待ちしております。

〒162-0825 東京都新宿区神楽坂6-46
ローベル神楽坂ビル4F
株式会社リブレ内 編集部

アンケート受付中
リブレ公式サイト　https://libre-inc.co.jp
TOPページの「アンケート」からお入りください。

情熱の宝珠

2019年3月28日　第1刷発行

著　者——遠野春日

発行者——太田歳子
発行所——株式会社リブレ
〒162-0825
東京都新宿区神楽坂6-46ローベル神楽坂ビル
営業　電話03(3235)7405　FAX 03(3235)0342
編集　電話03(3235)0317
印刷所——株式会社光邦

定価はカバーに明記してあります。
乱丁・落丁本はおとりかえいたします。

この書籍の用紙は全て日本製紙株式会社の製品を使用しております。

Printed in Japan
ISBN 978-4-7997-4180-1